同题散文经典

陈子善 蔡翔 ◎ 编

桨声灯影里的秦淮河

朱自清 俞平伯 等 ◎ 著

人民文学出版社

图书在版编目(CIP)数据

桨声灯影里的秦淮河 / 朱自清等著；陈子善，蔡翔编.
—北京：人民文学出版社，2017(2024.10 重印)
（同题散文经典）
ISBN 978-7-02-012594-4

Ⅰ. ①桨… Ⅱ. ①朱… ②陈… ③蔡… Ⅲ. ①散文集
-中国-现代②散文集-中国-当代 Ⅳ. ①I266

中国版本图书馆 CIP 数据核字(2017)第 068948 号

责任编辑：李 娜 张玉贞
封面设计：汪佳诗

出版发行 人民文学出版社
社 址 北京市朝内大街 166 号
邮政编码 100705

印 刷 山东新华印务有限公司
经 销 全国新华书店等

开 本 890 毫米×1240 毫米 1/32
印 张 6
插 页 2
字 数 130 千字
版 次 2008 年 9 月北京第 1 版
印 次 2024 年 10 月第 4 次印刷

书 号 978-7-02-012594-4
定 价 39.00 元

如有印装质量问题，请与本社图书销售中心调换。电话：010－65233595

编辑例言

中国素来是散文大国,古之文章,已传唱千世。而至现代,散文再度勃兴,名篇佳作,亦不胜枚举。散文一体,论者尽有不同解释,但涉及风格之丰富多样,语言之精湛凝练,名家又皆首肯之。因此,在时下"图像时代"或曰"速食文化"的阅读气氛中,重读散文经典,便又有了感觉母语魅力的意义。

本着这样的心愿,我们对中国现当代的散文名篇进行了重新的分类编选。比如,春、夏、秋、冬,比如风、花、雪、月等等。这样的分类编选,可能会被时贤议为机械,但其好处却在于每册的内容相对集中,似乎也更方便一般读者的阅读。

这套丛书将分批编选出版,并冠之以不同名称。选文中一些现代作家的行文习惯和用词可能与当下的规范不一致,为尊重历史原貌,一律不予更动。考虑到丛书主要面向一般读者,选文不再注明出处。由于编选者识见有限,挂一漏万在所难免,因此,遗珠之憾也将存在。这些都只能在编选过程中逐步弥补,敬请读者诸君多多指教。

目录

桨声灯影里的秦淮河

◎朱自清

一九二三年八月的一晚,我和平伯同游秦淮河;平伯是初泛,我是重来了。我们雇了一只"七板子",在夕阳已去,皎月方来的时候,便下了船。于是桨声汨——汨,我们开始领略那晃荡着蔷薇色的历史的秦淮河的滋味了。

秦淮河里的船,比北京万牲园,颐和园的船好,比西湖的船好,比扬州瘦西湖的船也好。这几处的船不是觉着笨,就是觉着简陋,局促;都不能引起乘客们的情韵,如秦淮河的船一样。秦淮河的船约略可分为两种:一是大船;一是小船,就是所谓"七板子"。大船舱口阔大,可容二三十人。里面陈设着字画和光洁的红木家具,桌上一律嵌着冰凉的大理石面。窗格雕镂颇细,使人起柔腻之感。窗格里映着红色蓝色的玻璃;玻璃上有精致的花纹,也颇悦人目。"七板子"规模虽不及大船,但那淡蓝色的栏杆,空敞的舱,也足系人情思。而最出色处却在它的舱前。舱前是甲板上的一部,上面有弧形的顶,两边用疏疏的栏杆支着,里面通常放着两张藤的躺椅。躺下,可以谈天,可以望远,可以顾盼两岸的河房。大船上也有这个,但在小船上更觉清隽罢了。舱前的顶下,一律悬着灯彩;灯的多少,明暗,彩苏的精粗,艳晦,是不一的,但好歹总还你一个灯彩。这灯彩实在是最能钩人的东西。夜幕垂垂地下来时,大小船上都点起灯火。从两重玻璃里映出那辐射着的黄黄的散光，反晕出一片朦胧的烟霭；透过这烟霭，在黯黯的水波里，又逗起缕缕的明漪。在这薄霭和微漪里，听着那悠然的间歇的桨声，谁能不被引入他的美梦去呢？只愁梦太多了，这些大小船儿如何载得起呀？我们这时模模糊糊地谈着明末的秦淮河的艳迹，如《桃花扇》及《板桥杂记》里所载的。我们真神往了。我们仿佛亲见那时华灯映水，画舫凌波的光景了。于是我们的船便成了历史的重载了。我们终于恍然秦淮河的船所以雅丽过于他处，而又有奇异的吸引力的，实在是许多历史的影像使然了。

秦淮河的水是碧阴阴的；看起来厚而不腻，或者是六朝金粉所凝么？我们初上船的时候，天色还未断黑，那漾漾的柔波是这样恬静，委婉，使我们一面有水阔天空之想，一面又憧憬着纸醉金迷之境了。等到灯火明时，阴阴的变为沉沉了：黯淡的水光，像梦一般；那偶然闪烁着的光芒，就是梦的眼睛了。我们坐在舱前，因了那隆起的顶棚，仿佛总是昂着首向前走着似的；于是飘飘然御风而行的我们，看在那些自在的湾泊着的船，船里走马灯般的人物，便像是下界一般，迢迢地远了，又像在雾里看花，尽朦朦胧胧的。这时我们已过了利涉桥，望见东关头了。沿路听见断续的歌声：有从沿河的妓楼飘来的，有从河上船里度来的。我们明知那些歌声，只是些因袭的言词，从生涩的歌喉里机械地发出来的；但它们经了夏夜的微风的吹漾和水波的摇拂，袅娜着到我们耳边的时候，已经不单是她们的歌声，而混着微风和河水的密语了。于是我们不得不被牵惹着，震撼着，相与浮沉于这歌声里了。从东关头转弯，不久就到大中桥。大中桥共有三个桥拱，都很阔大，俨然是三座门儿；使我们觉得我们的船和船里的我们，在桥下过去时，真是太无颜色了。桥砖是深褐色，表明它的历史的长久；但都完好无缺，令人太息于古昔工程的坚美。桥上两旁都是木壁的房子，中间应该有街路？这些房子都破旧了，多年烟熏的迹，遮没了当年的美丽。我想象秦淮河的极盛时，在这样宏阔的桥上，特地盖了房子，必然是髹漆得富富丽丽的；晚间必然是灯火通明的，现在却只剩下一片黑沉沉！但是桥上造着房子，毕竟使我们多少可以想见往日的繁华；这也慰情聊胜于无了。过了大中桥，便到了灯月交辉，笙歌彻夜的秦淮河，这才是秦淮河的真面目哩。

大中桥外，顿然空阔，和桥内两岸排着密密的人家的景象大异了。一眼望去，疏疏的林，淡淡的月，衬着蔚蓝的天，颇像荒江野渡光景；那边呢，郁丛丛的，阴森森的，又似乎藏着无边的黑暗：令人几乎不信那是繁华的秦淮河了。但是河中眩晕着的灯光，纵横着的画舫，悠扬着的笛韵，夹着那吱吱的胡琴声，终于使我们认识绿如茵陈酒的秦淮水了。此地天裸露着的多些，故觉夜来得独迟些；从清清的水影里，我们感到的只是薄薄的夜——这正是秦淮河的夜。大中桥外，本来还有一座复成桥，是船夫口中的我们的游迹尽处，或也是秦淮河繁华的尽处了。我的脚曾踏过复成桥的脊，在十三四岁的时候。但是两次游秦淮河，却都不曾见着复成桥的面；明知总在前途的，却常觉得有些虚无缥缈似的。我想，不见倒也好。这时正是盛夏。我们下船后，借着新生的晚凉和河上的微风，暑气已渐渐消散；到了此地，豁然开朗，身子顿然轻了——习习的清风荏苒在面上，手上，衣上，这便又感到了一缕新凉了。南京的日光，大概没有杭州猛烈；西湖的夏夜老是热蓬蓬的，水像沸着一般，秦淮河的水却尽是这样冷冷地绿着。任你人影的憧憧，歌声的扰扰，总像隔着一层薄薄的绿纱面幂似的；它尽是这样静静的，冷冷地绿着。我们出了大中桥，走不上半里路，船夫便将船划到一旁，停了桨由它宕着。他以为那里正是繁华的极点，再过去就是荒凉了；所以让我们多多赏鉴一会儿。他自己却静静地蹲着。他是看惯这光景的了，大约只是一个无可无不可。这无可无不可，无论是升的沉的，总之，都比我们高了。

那时河里热闹极了；船大半泊着，小半在水上穿梭似的来往。停泊着的都在近市的那一边，我们的船自然也夹在其中。因为这边略略的挤，便觉得那边十分的疏了。在每一只船从那边过去时，我们能画出它的轻轻的影和曲曲的波，在我们的心上；这显着是空，且显着是静了。那时处处都是歌声和凄厉的胡琴声，圆润的喉咙，确乎是很少的。但那生涩的，尖脆的调子能使人有少年的、粗率不拘的感觉，也正可快我们的意。况且多少隔开些儿听着，因为想象与渴慕的做美，总觉更有滋味；而竞发的喧嚣，抑扬的不齐，远近的杂沓，和乐器的嘈嘈切切，合成另一意味的谐音，也使我们无所适从，如随着大风而走，这实在因为我们的心枯涩久了，变为脆弱；故偶然润泽一下，便疯狂似的不能自主了。但秦淮河确也腻人。即如船里的人面，无论是和我们一堆儿泊着的，无论是从我们眼前过去的，总是模模糊糊的，甚至渺渺茫茫的；任你张圆了眼睛，揩净了眦垢，也是枉然。这真够人想呢。在我们停泊的地方，灯光原是纷然的；不过这些灯光都是黄而有晕的。黄已经不能明了，再加上了晕，便更不成了。灯愈多，晕就愈甚；在繁星般的黄的交错里，秦淮河仿佛笼上了一团光雾。光芒与雾气腾腾地晕着,什么都只剩了轮廓了;所以人面的详细的曲线,便消失于我们的眼底了。但灯光究竟夺不了那边的月色;灯光是浑的,月色是清的。在混沌的灯光里,渗入一派清辉,却真是奇迹!那晚月儿已瘦削了两三分。她晚妆才罢,盈盈地上了柳梢头。天是蓝得可爱,仿佛一汪水似的;月儿便更出落得精神了。岸上原有三株两株的垂杨树,淡淡的影子,在水里摇曳着。它们那柔细的枝条浴着月光,就像一支支美人的臂膊,交互地缠着,挽着;又像是月儿披着的发。而月儿偶尔也从它们的交叉处偷偷窥看我们,大有小姑娘怕羞的样子。岸上另有几株不知名的老树,光光地立着;在月光里照起来,却又俨然是精神矍铄的老人。远处——快到天际线了,才有一两片白云,亮得现出异彩,像是美丽的贝壳一般。白云下便是黑黑的一带轮廓;是一条随意画的不规则的曲线。这一段光景,和河中的风味大异了。但灯与月竟能并存着,交融着,使月成了缠绵的月,灯射着渺渺的灵辉,这正是天之所以厚秦淮河,也正是天之所以厚我们了。

　　这时却遇着了难解的纠纷。秦淮河上原有一种歌妓,是以歌为业的。从前都在茶舫上,唱些大曲之类。每日午后一时起,什么时候止,却忘记了。晚上照样也有一回,也在黄晕的灯光里。我从前到南京时,曾随着朋友去听过两次。因为茶舫里的人脸太多了,觉得不大适意,终于听不出所以然。前年听说歌妓被取缔了,不知怎的,颇涉想了几次——却想不出什么。这次到南京,先到茶舫上去看看,觉得颇是寂寥,令我无端的怅怅了。不料她们却仍在秦淮河里挣扎着,不料她们竟会纠缠到我们,我于是很张皇了,她们也乘着"七板子",她们总是坐在舱前的。舱前点着石油汽灯,光亮炫人眼目:坐在下面的，自然是纤毫毕见了——引诱客人们的力量，也便在此了。舱里躲着乐工等人，映着汽灯的余辉蠕动着；他们是永远不被注意的。每船的歌妓大约都是二人；天色一黑，她们的船就在大中桥外往来不息地兜生意。无论行着的船，泊着的船，都是要来兜揽的。这都是我后来推想出来的。那晚不知怎样，忽然轮着我们的船了。我们的船好好地停着，一只歌舫划向我们来了；渐渐和我们的船并着了。烁烁的灯光逼得我们皱起了眉头；我们的风尘色全给它托出来了，这使我踧踖不安了。那时一个伙计跨过船来，拿着摊开的歌折，就近塞向我的手里，说，"点几出吧！"他跨过来的时候，我们船上似乎有许多眼光跟着。同时相近的别的船上也似乎有许多眼睛炯炯地向我们船上看着。我真窘了！我也装出大方的样子，向歌妓们瞥了一眼，但究竟是不成的！我勉强将那歌折翻了一翻，却不曾看清了几个字；便赶紧递还那伙计，一面不好意思地说："不要。我们……不要。"他便塞给平伯，平伯掉转头去，摇手说："不要。"那人还腻着不走。平伯又回过脸来，摇着头道，"不要！"于是那人重到我处。我窘着再拒绝了他。他这才有所不屑似的走了。我的心立刻放下，如释了重负一般。我们就开始自白了。

　　我说我受了道德律的压迫，拒绝了她们；心里似乎很抱歉的。这所谓抱歉，一面对于她们，一面对于我自己。她们于我们虽然没有很奢的希望；但总有些希望的。我们拒绝了她们，无论理由如何充足，却使她们的希望受了伤；这总有几分不作美了。这是我觉得很怅怅的。至于我自己，更有一种不足之感。我这时被四面的歌声诱惑了，降伏了；但是远远的，远远的歌声总仿佛隔着重衣搔痒似的，越搔越搔不着痒处。我于是憧憬着贴耳的妙音了。在歌舫划来时，我的憧憬，变为盼望;我固执地盼望着,有如饥渴。虽然从浅薄的经验里,也能够推知,那贴耳的歌声,将剥去了一切的美妙;但一个平常的人像我似的,谁愿凭了理性之力去丑化未来呢?我宁愿自己骗着了。不过我的社会感性是很敏锐的;我的思力能拆穿道德律的西洋镜,而我的感情却终于被它压服着。我于是有所顾忌了,尤其是在众目昭彰的时候。道德律的力,本来是民众赋予的;在民众的面前,自然更显出它的威严了。我这时一面盼望,一面却感到了两重的禁制:一,在通俗的意义上,接近妓者总算一种不正当的行为;二,妓是一种不健全的职业,我们对于她们,应有哀矜勿喜之心,不应赏玩地去听她们的歌。在众目睽睽之下,这两种思想在我心里最为旺盛。她们暂时压倒了我的听歌的盼望,这便成就了我的灰色的拒绝。那时的心实在异常状态中,觉得颇是昏乱。歌舫去了,暂时宁静之后,我的思绪又如潮涌了。两个相反的意思在我心头往复:卖歌和卖淫不同,听歌和狎妓不同,又干道德甚事?——但是,但是,她们既被逼得以歌为业,她们的歌必无艺术味的;况她们的身世,我们究竟该同情的。所以拒绝倒也是正办。但这些意思终于不曾撇开我的听歌的盼望。它力量异常坚强;它总想将别的思绪踏在脚下。从这重重的争斗里,我感到了浓厚的不足之感。这不足之感使我的心盘旋不安,起坐都不安宁了。唉!我承认我是一个自私的人!平伯呢,却与我不同。他引周启明先生的诗,"因为我有妻子,所以我爱一切的女人;因为我有子女,所以我爱一切的孩子。"[①]他的意思可以见了。

---

① 原诗是:"我为了自己的儿女才爱小孩,为了自己的妻子才爱女人"。见《雪朝》48 页。

他因为推及的同情，爱着那些歌妓，并且尊重着她们，所以拒绝了她们。在这种情形下，他自然以为听歌是对于她们的一种侮辱。但他也是想听歌的，虽然不和我一样。所以在他的心中，当然也有一番小小的争斗；争斗的结果，是同情胜了。至于道德律，在他是没有什么的；因为他很有蔑视一切的倾向，民众的力量在他是不大觉着的。这时他的心意的活动比较简单，又比较松弱，故事后还怡然自若；我却不能了。这里平伯又比我高了。

在我们谈话中间，又来了两只歌舫。伙计照前一样地请我们点戏，我们照前一样地拒绝了。我受了三次窘，心里的不安更甚了。清艳的夜景也为之减色。船夫大约因为要赶第二趟生意，催着我们回去；我们无可无不可地答应了。我们渐渐和那些晕黄的灯光远了，只有些月色冷清清地随着我们的归舟。我们的船竟没个伴儿，秦淮河的夜正长哩！到大中桥近处，才遇着一只来船。这是一只载妓的板船，黑漆漆的没有一点光。船头上坐着一个妓女；暗里看出，白地小花的衫子，黑的下衣。她手里拉着胡琴，口里唱着青衫的调子。她唱得响亮而圆转；当她的船箭一般驶过去时，余音还袅袅地在我们耳际，使我们倾听而向往。想不到在弩末的游踪里，还能领略到这样的清歌！这时船过大中桥了，森森的水影，如黑暗张着巨口，要将我们的船吞了下去。我们回顾那渺渺的黄光，不胜依恋之情：我们感到了寂寞了！这一段地方夜色甚浓，又有两头的灯火招邀着；桥外的灯火不用说了，过了桥另有东关头疏疏的灯火。我们忽然仰头看见依人的素月，不觉深悔归来之早了！走过东关头，有一两只大船湾泊着，又有几只船向我们来着。嚣嚣的一阵歌声人语，仿佛笑我们无伴的孤舟哩。东关头转弯,河上的夜色更浓了;临水的妓楼上,时时从帘缝里射出一线一线的灯光;仿佛黑暗从酣睡里眨了一眨眼。我们默然地对着,静听那汩——汩的桨声,几乎要入睡了;朦胧里却温寻着适才的繁华的余味。我那不安的心在静里愈显活跃了!这时我们都有了不足之感,而我的更其浓厚。我们却又不愿回去,于是只能由懊悔而怅惘了。船里便满载着怅惘了。直到利涉桥下,微微嘈杂的人声,才使我豁然一惊;那光景却又不同。右岸的河房里,都大开了窗户,里面亮着晃晃的电灯,电灯的光射到水上,蜿蜒曲折,闪闪不息,正如跳舞着的仙女的臂膊。我们的船已在她的臂膊里了;如睡在摇篮里一样,倦了的我们便又入梦了。那电灯下的人物,只觉得像蚂蚁一般,更不去萦念。这是最后的梦;可惜的是最短的梦!黑暗重复落在我们面前,我们看见傍岸的空船上一星两星的,枯燥无力又摇摇不定的灯光。我们的梦醒了,我们知道就要上岸了,我们心里充满了幻灭的情思。

1923 年 10 月 11 日作完,于温州

桨声灯影里的秦淮河

◎俞平伯

我们消受得秦淮河上的灯影,当圆月犹皎的仲夏之夜。

在茶店里吃了一盘豆腐干丝,两个烧饼之后,以歪歪的脚步踅上夫子庙前停泊着的画舫,就懒洋洋地躺到藤椅上去了。好郁蒸的江南,傍晚也还是热的。"快开船罢!"桨声响了。

小的灯舫初次在河中荡漾;于我,情景是颇朦胧,滋味是怪羞涩的。我要错认它作七里的山塘;可是,河房里明窗洞启,映着玲珑入画的曲栏杆,顿然省得身在何处了。佩弦呢,他已是重来,很应当消释一些迷惘的。但看他太频繁地摇着我的黑纸扇。胖子是这个样怯热的吗?

又早是夕阳西下,河上妆成一抹胭脂的薄媚。是被青溪的姊妹们所熏染的吗?还是匀得她们脸上的残脂呢?寂寂的河水,随双桨打它,终是没言语。密匝匝的绮恨逐老去的年华,已都如蜜饯似的融在流波的心窝里,连呜咽也将嫌它多事,更哪里论到哀嘶。心头,宛转的凄怀;口内,徘徊的低唱;留在夜夜的秦淮河上。

在利涉桥边买了一匣烟,荡过东关头,渐荡出大中桥了。船儿悄悄地穿出连环着的三个壮阔的涵洞,青溪夏夜的韶华已如巨幅的画豁然而抖落。哦!凄厉而繁的弦索,颤岔而涩的歌喉,杂着嘻哈的笑语声,噼啪的竹牌响,更能把诸楼船上的华灯彩绘，显出火样的鲜明，火样的温煦了。小船儿载着我们，在大船缝里挤着，挨着，抹着走。它忘了自己也是今宵河上的一星灯火。

既踏进所谓"六朝金粉气"的销金锅，谁不笑笑呢！今天的一晚，且默了滔滔的言说，且舒了恻恻的情怀。暂且学着，姑且学着我们平时认为在醉里梦里的他们的憨痴笑语。看！初上的灯儿们一点点掠剪柔腻的波心，梭织地往来，把河水都皴得微明了。纸薄的心旌，我的，尽无休息地跟着它们飘荡，以至于怦怦而内热。这还好说什么的！如此说，诱惑是诚然有的，且于我已留下不易磨灭的印记。至于对榻的那一位先生，自认曾经一度摆脱了纠缠的他，其辩解又在何处，这实在非我所知。

我们，醉不以涩味的酒，以微漾着，轻晕着的夜的风华。不是什么欣悦，不是什么慰藉，只感到一种怪陌生，怪异样的朦胧。朦胧之中似乎胎孕着一个如花的笑——这么淡，那么淡的倩笑。淡到已不可说，已不可拟，且已不可想；但我们终久是眩晕在它离合的神光之下的。我们没法使人信它是有，我们不信它是没有。勉强哲学地说，这或近于佛家的所谓"空"，既不当鲁莽说它是"无"，也不能径直说它是"有"，或者说"有"是有的，只因无可比拟形容那"有"的幻景；故从表面看，与"没有"似不生分别。若定要我再说得具体些：譬如东风初劲时，直上高翔的纸鸢，牵线的那人儿自然远得很了，知她是哪一家呢？但凭那鸢尾一缕飘绵的彩线，便容易揣知下面的人寰中，必有微红的一双素手，卷起轻绡的广袖，牢担荷小纸鸢儿的命根的。飘翔岂不是东风的力，又岂不是纸鸢的含德，但其根株却将另有所寄。请问，这和纸鸢的省悟与否有何关系？故我们不能认笑是非有，也不能认朦胧即是笑。我们定应当如此说，朦胧里胎孕着一个如花的幻笑。和朦胧又互相混融着的；因它本来是淡极了，淡极了这么一个。

漫题那些纷烦的话，船儿已将泊在灯火的丛中去了。对岸有盏跳动的汽油灯，佩弦便硬说它远不如微黄的灯火。我简直没法和他分证那是非。

时有小小的艇子急忙忙打桨，向灯影的密流里横冲直撞。冷静孤独的油灯映见黯淡久的画船头上，秦淮河姑娘们的靓妆。茉莉的香，白兰花的香，脂粉的香，纱衣裳的香……微波泛滥出甜的暗香，随着她们那些船儿荡，随着我们这船儿荡，随着大大小小一切的船儿荡。有的互相笑语，有的默然不响，有的衬着胡琴亮着嗓子唱。一个，三两个，五六七个，比肩坐在船头的两旁，也无非多添些淡薄的影儿葬在我们的心上——太过火了，不至于罢，早消失在我们的眼皮上。谁都是这样急忙忙地打着桨，谁都是这样向灯影的密流里冲着撞；又何况久沉沦的她们，又何况漂泊惯的我们俩。当时浅浅的醉，今朝空空的惆怅；老实说，咱们萍泛的绮思不过如此而已，至多也不过如此而已。你且别讲，你且别想！这无非是梦中的电光，这无非是无明的幻想，这无非是以零星的火种微炎在大欲的根苗上。扮戏的咱们，散了场一个样，然而，上场锣，下场锣，天天忙，人人忙。看！吓！载送女郎的艇子才过去，货郎担的小船不是又来了？一盏小煤油灯，一舱的什物，他也忙得来像手里的摇铃，这样叮咚而唧唭。

杨枝绿影下有条华灯璀璨的彩舫在那边停泊。我们那船不禁也依傍短柳的腰肢，欹侧地歇了。游客们的大船，歌女们的艇子，靠着。唱的拉着嗓子；听的歪着头，斜着眼，有的甚至于跳过她们的船头。如那时有严重些的声音，必然说："这那里是什么旖旎风光！"咱们真是不知道，只模糊地觉着在秦淮河船上板起方正的脸是怪不好意思的。咱们本是在旅馆里，为什么不早早入睡，掂着牙儿，领略那"卧后清宵细细长"；而偏这样急急忙忙跑到河上来无聊浪荡？

还说那时的话，从杨柳枝的乱鬓里所得的境界，照规矩，外带三分风华的。况且今宵此地，动荡着有灯火的明姿。况且今宵此地，又是圆月欲缺未缺，欲上未上的黄昏时候。叮咚的小锣，伊轧的胡琴，沉填的大鼓……弦吹声腾沸遍了三里的秦淮河。喳喳嚷嚷的一片，分不出谁是谁，分不出哪儿是哪儿，只有整个的繁喧来把我们包填。仿佛都抢着说笑，这儿夜夜尽是如此的，不过初上城的乡下佬是第一次呢。真是乡下人，真是第一次。

穿花蝴蝶样的小艇子多到不和我们相干。货郎担式的船，曾以一瓶汽水之故而拢近来，这是真的。至于她们呢，即使偶然灯影相偎而切掠过去，也无非瞧见我们微红的脸罢了，不见得有什么别的。可是夸口早哩！——来了，竟向我们来了！不但是近，且拢着了。船头傍着，船尾也傍着；这不但是拢着，且并着了。斯并着倒还不很要紧，且有人扑通地跨上我们的船头了。这岂不大吃一惊！幸而来的不是姑娘们，还好（她们正冷冰冰地在那船头上）。来人年纪并不大，神气倒怪狡猾，把一扣破烂的手折，摊在我们跟前，让细瞧那些戏目，好好儿点个唱。他说："先生，这是小意思。"诸君，读者，怎么办？

好，自命为超然派的来看榜样！两船挨着，灯光愈皎，见佩弦的脸又红起来了。那时的我是否也这样？这当转问他（我希望我的镜子不要过于给我下不去）。老是红着脸终久不能打发人家走路的,所以想个法子在当时是很必要。说来也好笑,我的老调是一味地默,或干脆说个"不",或者摇摇头,摆摆手表示"决不"。如今都已使尽了。佩弦便进了一步,他嫌我的方术太冷漠了,又未必中用,摆脱纠缠的正当道路唯有辩解。好吗!听他说:"你不知道?这事我们是不能做的。"这是诸辩解中最简洁,最漂亮的一个。可惜他所说的"不知道?"来人倒算有些"不知道!"辜负了这二十分聪明的反语。他想得有理由,你们为什么不能做这事呢?因这"为什么?"佩弦又有进一层的曲解。哪知道更坏事,竟只博得那些船上人的一哂而去。他们平常虽不以聪明名家,但今晚却又怪聪明,如洞彻我们的肺肝一样的。这故事即我情愿讲给诸君听,怕有人未必愿意哩。"算了吧,就是这样算了罢!"恕我不再写下了,以外的让他自己说。

叙述只是如此,其实那时连翩而来的,我记得至少也有三五次。我们把它们一个一个地打发走路。但走的是走了,来的还正来。我们可以使它们走,我们不能禁止它们来。我们虽不轻被摇撼,但已有一点杌陧了。况且小艇上总载去一半的失望和一半的轻蔑,在桨声里仿佛狠狠地说,"都是呆子,都是吝啬鬼!"还有我们的船家(姑娘们卖个唱,他可以赚几个子的佣金。)眼看她们一个一个地去远了,呆呆地蹲踞着,怪无聊赖似的。碰着了这种外缘,无怒亦无哀,惟有一种情意的紧张,使我们从颓弛中体会出挣扎来。这味道倒许很真切的,只恐怕不易为倦鸦似的人们所喜。

曾游过秦淮河的到底乖些。佩弦告船家:"我们多给你酒钱,把船摇开,别让他们来啰唆。"自此以后,桨声复响,还我以平静了,我们俩又渐渐无拘无束舒服起来,又滔滔不断地来谈谈方才的经过。今儿是算怎么一回事？我们齐声说，欲的胎动无可疑的。正如水见波痕轻婉已极，与未波时究不相类。微醉的我们，浓醉的他们，深浅虽不同，却同为一醉。接着来了第二问，既自认有欲的微炎，为什么艇子来时又羞涩地躲了呢？在这儿，答语参差着。佩弦说他的是一种暧昧的道德意味，我说是一种似较深沉的眷爱。我只背诵岂君的几句诗给佩弦听，望他曲喻我的心胸。可恨他今天似乎有些发钝，反而追着问我。

前面已是复成桥。青溪之东，暗碧的树梢上面微耀着一桁的清光。我们的船就缚在枯柳桩边待月。其时河心里晃荡着的，河岸头歇泊着的各式灯船，望去，少说点也有十廿来只。惟不觉繁喧，只添我们以幽甜。虽同是灯船，虽同是秦淮，虽同是我们，却是灯影淡了，河水静了，我们倦了，——况且月儿将上了。灯影里的昏黄，和月下灯影里的昏黄原是不相似的，又何况入倦的眼中所见的昏黄呢。灯光所以映她的秾姿，月华所以洗她的秀骨，以蓬腾的心焰跳舞她的盛年，以饧涩的眼波供养她的迟暮。必如此，才会有圆足的醉，圆足的恋，圆足的颓弛，成熟了我们的心田。

犹未下弦，一丸鹅蛋似的月，被纤柔的云丝们簇拥上了一碧的遥天。冉冉地行来，冷冷地照着秦淮。我们已打桨而徐归了。归途的感念，这一个黄昏里，心和境的交萦互染，其繁密殊超我们的言说。主心主物的哲思，依我外行人看，实在把事情说得太嫌简单，太嫌容易，太嫌分明了。实有的只是浑然之感。就论这一次秦淮夜泛罢，从来处来，从去处去，分析其间的成因自然亦是可能；不过求得圆满足尽的解析，使片段的因子们合拢来代替刹那间所体验的实有，这个我觉得有点不可能,至少于现在的我们是如此的。凡上所叙,请读者们只看作我归来后,回忆中所偶然留下的千百分之一二,微薄的残影。若所谓"当时之感",我决不敢望诸君能在此中窥得。即我自己虽正在这儿执笔构思,实在也无从重新体验出那时的情景。说老实话,我所有的只是忆,我告诸君的只是忆中的秦淮夜泛。至于说到那"当时之感",这应当去请教当时的我。而他久飞升了,无所存在。

　　……

　　凉月凉风之下,我们背着秦淮河走去,悄默是当然的事了。如回头,河中的繁灯想定是依然。我们却早已走得远,"灯火未阑人散",佩弦,诸君,我记得这就是在南京四日的酣嬉,将分手时的前夜。

1923 年 8 月 22 日,北京

戽水

◎茅盾

　　就说是 A 村罢。这是个二三十人家的小村。南方江浙的"天堂"区域照例很少(简直可以说没有)百来份人家以上的大村。可是 A 村的人出门半里远,——这就是说,绕过一条小"浜",或者穿过五六亩大的一爿田,或是经过一两个坟地,他就到了另一个同样的小村。假如你同意的话,我们就叫它 B 村。假如 B 村的地位在 A 村东边,那么西边,南边,北边,还有 C 村,D 村,E 村等等,都是十来分钟就可以走到的,用一句文言,就是"鸡犬之声相闻"。

　　可是我们现在到这一群小村里,却听不到鸡犬之声。狗这种东西,喜欢吃点儿荤腥;最不摆架子的狗也得吃白饭拌肉骨头。枯叶或是青草之类,狗们是不屑一嗅的。两年多前,这一带村庄里的狗早就挨不过那种清苦生活,另找主人去了。这也是它们聪明见机。要不,饿肚子的村里人会杀了它们来当一顿的。

　　至于鸡呢,有的;春末夏初,稻场上啾啾啾地乱跑,全不过拳头大小,浑身还是绒毛,可是已经会用爪子爬泥,找出小虫儿来充饥。然而等不到它们"喔喔"啼的时候,村里人就带它们上镇里去换钱来买米。人可不像鸡,靠泥里的小虫子是活不了的。所以近年来这一带的村庄里,永远只见啾啾啾的小鸡,没有邻村听得到的喔喔高啼的大鸡。

这一带村庄,现在到处是水车的声音。

A村和B村中间隔着一条小河。从"端阳"那时候起,小河的两岸就排满了水车,远望去活像一条蜈蚣。这长长的水车的行列,不分昼夜,在那里咕噜咕噜地叫。而这叫声,又可以分做三个不同的时期:

最初那五六天,水车就像精壮的小伙子似的,它那"杭育、杭育"的喊声里带点儿轻松的笑意。水车的尾巴浸着浅绿色的河水,辘辘地从上滚下去的叶子板格格地憨笑似的一边跟小河亲一下嘴,一边就喝了满满的一口,即刻又辘辘辘地上去,高兴得嘻嘻哈哈地把水吐了出来,马上又辘辘地再滚了下去。小河也温柔地微笑,河面漾满了一圈一圈的笑涡。

然而小河也渐渐瘦了。水车的尾巴接长了一节,它也不像个精壮的小伙子,却像个瘦长的痨病鬼了。叶子板很费力似的喀喀地滚响,滚到这瘦的小河里,抢夺了半口水,有时半口还不到,再喀喀地挣扎着上来,没有到顶(这里是水车的嘴巴),太阳已经把带泥的板边晒成灰白色了。小河也是满脸土色,再也笑不出来,却吐着叹息的泡沫。

这样过了两天,水车的尾巴就不得不再接长一节。可是,像一个支气管炎的老头子,它咳得那么响,却是干咳。叶子板因为是三节了,滚得更加慢,更加吃力,轧轧的响声也是干燥的,听了叫人牙齿发酸。水车上的人,半点钟换一班。他们汗也流完了,腿也麻木了,用了可惊的坚强的意志,要从这干瘪的小河榨些浓痰似的泥浆来!轧轧轧,喀喀喀,远远近近的无数水车愤怒地悲哀地喊着。

这样又是一天,小河像逃走了似的从地面上隐去。河心里的泥开始起皱纹,像老年人的脸;水车也都噤口,满身污泥,一排一排,朝着满天星斗的夏天的夜。

稻场上,这时例外地人声杂乱。A村和B村的人在商量一个新的办法。那条小河的西头,是一个小小的浜,那已是C村的地界。靠着浜边,是C村人的桑地,倘使在这一片桑地上开一道沟出去,就可以把外边塘河里的水引到浜里,再引到小河里。

从浜到塘河,路倒不远,半里的一小半;为难的,这是一片桑地,而且是C村人的。然而要得水,只有这一条路呀! A村和B村的人就决定去跟那片桑地的主人们商量,借这么三四尺阔的地面开一道沟出来;要是坏了桑树,他们两村的人照样赔还。

他们的可惊的坚强的意志终于把这道沟开成了。然而塘河里的水也浅得多了,不用人工,不会流到那新开成的沟。这当儿,农民的可惊的坚强的意志再来一次表现。A村和B村的人下了个总动员! 新开沟跟塘河接头那地方立刻挖起一口四五丈见方的蓄水池来,沿那池口,排得紧紧的,是七八架水车,都是三节的尾巴,像有力的长臂膊,伸到河心水深的地点,车上全是拼命的壮丁,发疯似的踏着,叶子板汩汩地狂叫! 这是人们对旱天的最后的决战!

蓄水池满了,那灰绿色的浑水溮溮地流进那四尺多阔的沟口,倒好像很急似的;然而进了沟就一点一点慢下来了,终于通过了那不算短的沟,到了浜,再到了那小河的干枯的河床,那水就看不出是在流,倒好像从泥里渗出来似的。小河两岸的水车头,这时早又站好了人,眼望着河心。有几个小孩在河滩上跑来跑去,不时大声报告道:"水满一点了!""一个手指头那么深了!"忽然一声呼哨,像是预定的号令,水车头那些人都应着发声喊,无数的脚都动了,水车急响着枯枯枯的干燥的叫号。但是水车的最下的一个叶子板刚刚能够舐着水,却不能喝起水来,——小半口也不行。叶子板滚了一转,湿漉漉地,可是戽不起水!

"叫他们外边塘河边的人再用点劲呀!"有人这么喊着。这喊声,一递一递传过去,驿马似的报到塘河上。"用劲呀!"塘河上那七八架水车上的人齐声叫了一下。他们的酸重的腿儿一齐绞出最后的力气,他们脸上的肌肉绷紧到起棱了。蓄水池泼剌剌泼剌剌地翻滚着白色的水花。从池灌进沟口的水哗哗地发叫。然而通过了那沟,到得小河时,那水又是死洋洋没点气势了。小河里的水是在多起来,然而是要用了最精密的仪器才能知道它半点钟内究竟多起了若干。河中心那一泓水始终不能有两个指头那么深!

因为水通过那半里的一小半那条沟的时候,至少有一小半是被沿路的太干燥的泥土截留去了。因为那个干了的小浜也有半亩田那么大,也是燥渴得不肯放水白白过去的呀!

天快黑的时候,小河两岸跟塘河边的水车又一齐停止了。A村和B村的人板着青里泛紫的面孔,瞪出了火红的眼睛,大家对看着,说不出话。C村的人望望自己田里,又望望那塘河,也是一脸的忧愁。他们懂得很明白:虽然他们的田靠近塘河地位好,可是再过几天,塘河的水也戽不上来了,他们跟A村B村的人还不是一样完了么?

于是在明亮的星光下,A村和B村的人再聚在稻场上商量的时候,C村的人也加入了。有一点是大家都明白的:尽管他们三村的人联合一致,可是单靠那简陋的旧式水车,无论如何救不活他们的稻。"算算要多少钱,雇一架洋水车?"终于耐不住,大家都这么说了。大家早已有这一策放在心里,——做梦做到那怪可爱的洋水车,也不止一次了,然而直到此时方才说出来,就因为雇用洋水车得花钱,而且价钱不小。照往年的规矩说,洋水车灌满五六亩大的一片田要三块到四块的大洋。村里人谁也出不起这大的价钱。但现在是"火烧眉毛",只要洋水车肯做赊账,将来怎样挖肉补疮地去还这笔债,只好暂且不管。

塘河上不时有洋水车经过,要找它不难。趁晚上好亮的星光,就派了人去守候罢。几个精力特别好,铁一样的小伙子,都在稻场上等候消息。他们躺在泥地上,有一搭没一搭的闲谈。他们从洋水车谈到镇上的事。正谈着镇上要"打醮求雨",塘河上守候洋水车的人们回来了。这里躺着的几位不约而同跳了起来问道:"守着了么? 什么价钱?"

"他妈妈的! 不肯照老规矩了。说是要照钟点算。三块钱一点钟,田里满不满,他们不管。还要一半的现钱!"

"呀,呀,呀,该死的没良心的,趁火打劫来了!"

大家都叫起来。他们自然懂得洋水车上的人为什么要照钟点算。在这大旱天把塘河里的水老远地抽到田里,要把田灌足,自然比往年难些,——不,洋水车会比往年少赚几个钱,所以换章程要照钟点算!

洋水车也许能救旱,可是这样的好东西,村里人没"福"消受。

又过了五六天,这一带村庄的水车全变做哑子了。小港里全已干成石硬,大的塘河也瘦小到只剩三四尺阔,稍为大一点儿的船就过不去了。这时候,村里人就被强迫着在稻场上

"偷懒"。

他们法子都想尽了,现在他们只有把倔强求生的意志换一个方面去发泄。大约静默了三天以后,这一带村庄里忽然喧填着另一种声音了;这是锣鼓,这是呐喊。开头是 A 村和 C 村的人把塘河东边桥头小庙里的土地神像(这是一座不能移动的泥像,但村里人立意要动它,有什么办不到!)抬出来在村里走了一转,没有香烛,也没有人磕头(老太婆磕头磕到一半,就被喝住了),村里人敲着锣鼓,发狂似的呐喊,拖着那位土地老爷在干裂的田里走,末了,就把神像放在田里,在火样的太阳底下。"你也尝尝这滋味罢!"村里人潮水一样的叫喊。

第二天,待在田里的土地老爷就有了伴。B 村 E 村以及别的邻村都去把他们小庙里的泥像抬出来要他们"尝尝滋味"了,土地老爷抬完了以后,这一带五六个村庄就联合起来,把三五里路外什么庙里的大小神像全都抬出来"游街",全放在田里跟土地做伴。"不下雨,不抬你们回去!"村里人威胁似的说。

泥像在毒太阳下面晒起了裂纹,泥的袍褂一片一片掉下来。敲着锣鼓的村里人见了,就很痛快似的发喊。"神"不能给他们"风调雨顺","神"不能做得像个"神"的时候,他们对于"神"的报复是可怕的!

1934 年 9 月 8 日

秦淮河上

◎曹聚仁

> 孙楚楼边，莫愁湖上，又添几树垂杨。偏是江山胜处，酒卖斜阳，勾引游人醉赏，学金粉南朝模样。暗思想，那些莺颠燕狂，关甚兴亡。
>
> ——《桃花扇·听稗》

香港有一大群阿Q文士，一直把"北京"写作"北平"（北平究竟在何处？他们也未必知道）；心目中以为国家首都仍在南京，至于今日南京，究竟怎样了呢？他们也并不知道。我有一位朋友，他曾用《桃花扇》作蓝本，写了《桃花扇底说南朝》的小说，刊在CC的机关报《东南日报》上，恰正预言了蒋氏王朝的末运。此间一位朋友，唐人先生，写了《金陵春梦》，便以南京为背景，写这一代的兴亡。前年上海戏剧学院上演《桃花扇》，小女曹雷扮演李香君，我又看了孙尚任的《桃花扇》和欧阳予倩的剧本。金粉南朝，兴亡相继，抚今忆昔，百感交集，也来写一段《秦淮河上》。

四十年前，我初到南京，正是"残军留废垒，瘦马卧空壕，杖郭萧条，城对着夕阳道"。北洋军阀李纯主政时代，一场雨过，街道汪洋一片，跣足徒涉，简直不成市面。"如雷贯耳，闻名已久"的秦淮河，简直是一道臭水沟；"跨青溪半里桥，旧红板没一条，秋水长天人过少，冷清清的落照，剩一树柳弯腰"，是这么一幅萧条景况。我初到杭州，看了西湖，颇为失望；总没有秦淮河这么不值一看的了。那时年轻，还不知历史的累积是什么。好在夫子庙边上有一排茶楼，有一家六朝居，包饺干丝不错，那时包饺三个铜元一只，干丝五分一碗，像我这样穷学生还吃得起。六朝居对面，有一家茶园，壁上挂上一副对联，联云：

> 近夫子之居，食不厌精，脍不厌细；
> 傍秦淮左岸，与花长好，与月长圆。

此联甚妙；我们土老儿只看重上联的"饮食"，下联的"男女"，即使笙歌满天，也是与我无缘的。所以，那一个月的南京，除了包饺干丝，别的什么印象也没有。

第二回到南京，已经在国民政府建都南京之后，先前一片汪洋的泥潭，已经修建了中山大道，真是王道堂堂，直通中山的坟墓；两边法国梧桐，浓荫蔽日。可是，出了中山门，别道通往明孝陵的，只是凹凸不平的泥路，和柏油马路差了一大截。中山大路乃是蒋委员长天天必经的大道，所以其平如砥；至于委员长看不见的别道，那是"死人也不管"了。这是国民党政治的最好注解。我当时写了一篇小品，说：中山大路通往孙中山的坟墓，几乎闯了大祸（我说的那句话是双关的）。

第三回到南京，已是抗战胜利后的第三个月，和上一回又相隔了十年。战后城市残破，瘦马败车，在马路上踯躅；可是，流民纷纷归来，都带着新的希望。我只过了一个月，又从九江东归，南京市面便大不相同。蒋介石本来打算还都北京的，踌躇了半个月，又依旧回到南京来，这就开始他的末运。

第四回到南京，乃是第一回"国民大会"集会"制宪"之时，我在那儿住了一个多月。内战的火焰已经烧起来了。秦淮河上，征歌闹酒，天天不夜，正是醉生梦死的生活。第二年夏天，我第五回到南京，赶上蒋介石当选"总统"的热闹场面，内战已经不可收拾，大家忧心忡忡；党官们却懵懵昏昏，和蒋政权一同败灭；"王气金陵渐凋伤，鼙鼓旌旗何处忙，怕随梅柳渡春江"。南明的末运，正如此的。

这一切，都已过去了。

> 乱石荒街，寒流古渡，美人庭院寻常。灯火笙箫，都归雪苑文章。丛兰画壁知难问，问莺花可识兴亡？镇无言，武定桥边，立尽斜阳。

——吴瞿安《高阳台》

我第一回到南京，实在年轻得很；对于"烟笼寒水月笼沙，夜泊秦淮近酒家"的风味，领略不得。不过，我已经看了吴敬梓的《儒林外史》，又在从南京到汉口途中，看了孔尚任的《桃花扇》，倒把秦淮旧梦慢慢熟悉起来。其后二年，俞平伯、朱自清二先生写了《桨声灯影里的秦淮河》，不管"雅得这么俗"，或是"俗得这么雅"，使我更懂得"商女不知亡国恨，隔江犹唱后庭花"的道理。

《儒林外史》第二十四回以后，吴氏着力在写文士们的"酸腐"或"风雅"的画面，背景呢，就是秦淮河。他说：这南京乃是明太祖建都的所在，里城门十三，外城门十八，穿城四十里，沿城一转，足有一百二十多里。城里几十条大街，几百条小巷，都是人烟凑集，金粉楼台。城里一道河，东水关到西水关，足有十里，便是秦淮河。水满的时候，画船箫鼓，昼夜不绝。城里城外，琳宫梵宇，碧瓦朱甍，在六朝时，是四百八十寺。大街小巷,合共起来,大小酒楼有六七百座,茶社有一千余处。不论你是到哪一个僻巷里面,总有一个地方悬着灯笼卖茶,插着时鲜花朵,烹着上好的雨水,茶社里坐满了吃茶的人。

那秦淮河到了有月色的时候,越是夜色已深,更有那细吹细唱的船来,凄清委婉,动人心魄。两边河房里住家的女郎穿了轻纱衣服,头上簪了茉莉花,一齐卷起湘帘,凭栏静听。所以灯船鼓声一响。两边帘卷窗开。河房里焚的龙涎沉速,香雾一齐喷出来,和河里月色烟光,合成一片,望着如阆苑仙人,瑶宫仙女。吴氏想象中的明代秦淮河畔,如此如此,实际上乃是清初雍乾年间的南京写景。

近年,吴敬梓的《金陵景物图诗》出来了,此图不知是谁氏手笔,吴氏的题诗,却说了许多当年的实事实景。他说到当年的长桥:"图中绘一长桥数丈,曰长桥,今无此桥矣,或云余澹心所作《板桥杂记》,即此桥也。考明朝初年设诸楼,贮妓乐其中,教坊司掌之,以延四方游客。来宾楼在聚宝门外驯象街,重译楼与来宾楼对,鹤鸣楼在三山门外,醉仙楼在三山门内,集贤楼在瓦屑坝西,乐民楼在集贤楼北,轻烟翠柳楼在江东门内,淡粉梅妍与轻烟翠柳对,南市北市在城中武定桥,长桥在其处,所谓'花月春风十四楼'也。"旧时景物这样一勾画,我们才有些了然。至于李香君和侯方域定情的"媚香楼",本来不知在什么地方。1924年,南京修建马路,忽在石坝街发现了媚香楼的界石,才知道此楼去钞库街不远。(石坝街,隔了秦淮河,和夫子庙相对。)当代词人吴瞿安先生就写了那首《高阳台》,下半截结尾有云:"王侯第宅皆荆棘,甚青楼寸土犹香。费沉吟,纨扇新词,点缀欢场。"

在景物图长桥这一页,吴敬梓还题了一首诗云:"顿老弹琵琶,张奎吹洞箫。镂衣去湖湘,垂白犹妖娆。不见朝朝艳,空闻夜夜娇。惟余淮水月,曾照几春宵。"

　　江南花发水悠悠,人到秦淮解尽愁;

　　不管烽烟家万里,五更怀里嗫歌喉。

——《桃花扇·眠香》

　　昨天早晨,我又把俞平伯、朱自清两位老师的《桨声灯影里的秦淮河》读了一番。俞先生写的是一首散文诗,月色朦胧,依约迷离,在可把捉与不可把捉之间。朱先生写的是诗的散文,他把一种惆怅的情绪感染给我们,正如他们说的:"我们开始领略那晃荡着蔷薇色的历史的秦淮河的滋味了。"

　　他们乘的秦淮河的船,是七板子。(秦淮河的船,比北京颐和园的好,比杭州的好,比扬州瘦西湖的也好。那几处的船不是觉着笨,就是觉得简陋、局促,都不能引起乘客们的情韵。秦淮河的船,有大船与七板子之分,七板子是小船,大船舱口阔大,里面陈设着字画和光洁的红木家具,桌上嵌着大理石台面。窗格雕镂细致,映着红色蓝色的玻璃,玻璃上镂着精致的花纹,使人起了柔腻之感;七板子规模虽不及大船,但那淡蓝色的栏杆,空敞的舱,也足系人情思。舱前是甲板的一部,上面弧形的顶,两边用疏疏的栏杆支着,里面放两张藤的躺椅。躺下可以谈天,可以远望,可以顾盼两岸的河岸。舱前的顶下,一律悬着灯彩,灯的多少、明暗,彩苏的精细艳晦是不一的,好歹总还像一个灯彩。这灯彩实在是最能钩人的东西。)在他们眼下,是这么一幅图画:"夜幕垂垂地下来时,大小船上都点起灯火。从两重玻璃里映出那辐射着的黄黄的散光,反晕出一片朦胧的烟霭,透过这烟霭,在黯黯的水波里,又逗起缕缕的明漪。在这薄霭和微漪里,听着那悠悠的间歇的桨声,谁能不被引入他的美梦去呢?"朱氏说他们的船便成了历史的重载了。

《桃花扇·闹榭》那一出,就是描写秦淮河上的灯船景色:"丝竹隐隐,载将来一队乌帽红裙。天然风韵,映着柳陌斜曛。""龙舟并,画桨分,葵花蒲叶泛金樽。朱楼密,紫障匀,吹箫打鼓入层云。"他们曾经即景联句,诗云:

> 赏节秦淮榭,论心剧孟家。
>
> 黄开金裹叶,红绽火烧花。
>
> 蒲剑何须试,葵心未肯差。
>
> 辟兵逢彩缕,却鬼得丹砂。
>
> 蜃市楼缥缈,虹桥洞曲斜。
>
> 灯疑羲氏驭,舟是蓼龙拿。
>
> 星宿才离海,玻璃更炼娲。
>
> 光流银汉水,影动赤城霞。
>
> 玉树难谐拍,渔阳不辨挝。
>
> 龟年喧笛管,中散闹筝琶。
>
> 系缆千条锦,连窗万眼纱。
>
> 揪揪停斗子,瓷注屡呼茶。
>
> 焰比焚椒列,声同对垒哗。
>
> 电雷争此夜,珠翠膌谁家。
>
> 萤照无人苑,鸟啼有树衙。
>
> 凭栏人散后,作赋吊长沙。

倒是一篇秦淮河的赞词,可作俞朱二氏的秦淮河纪游的结尾呢。

《儒林外史》四十一回，也有这么一段文字：“南京城里，每年四月半后，秦淮景致渐渐好了。那外江的船都下掉了楼子，换上凉篷，撑了进来。船舱中间，放一张小方金漆桌子，桌上摆着宜兴砂壶，极细的成窑、宣窑的杯子，烹的上好的雨水毛尖茶。那游船的备了酒和肴馔及果碟，到这河里来游，就是走路的人，也买几个钱的毛尖茶，在船上煨了吃，慢慢而行。到天色晚了，每船两盏明角灯，一来一往，映着河里，上下明亮，自文德桥至利涉桥、东水关，夜夜笙歌不绝。”千百年来的秦淮风月，就是这么一种画面。

　　吴敬梓从全椒移家到南京，寄居秦淮水傍，曾赋春兴八首，有云：

　　　　秦淮三月水，芳草绿迴汀；
　　　　楼外莺梭啭，窗前渔榜停。
　　　　午烟随处满，卯酒未曾醒！
　　　　花事知何许，柴门竟日扃。

绿水青山两相映带的富春江

◎周瘦鹃

在若干年以前,我曾和几位老友游过一次富春江,留下了一个很深刻的印象。我们原想溯江而上,一路游到严州为止,不料游侣中有爱西湖的繁华而不爱富春的清幽的,所以一游钓台就勾通了船夫,谎说再过去是盗贼出没之区,很多危险,就忙不迭地拨转船头回杭州去了。后来揭破阴谋,使我非常懊丧。虽常有重续旧游之想,却蹉跎又蹉跎,终未如愿。哪知"八一三"事变以后,在浙江南浔镇蛰伏了三个月,转往安徽黟县的南屏村,道出杭州,搭了江山船,经过了整整一条富春江,十足享受了绿水青山的幽趣,才弥补了我往年的缺憾;恍如身入黄子久富春长卷,诗情画意,不断地奔凑在心头眼底,真个是飘飘然的,好像要羽化而登仙了。可是当年到此,是结队寻春,而现在却为的避乱,令人不胜今昔之感。

富春江最美的一段要算七里泷,又名七里濑、七里滩,那地点是在钓台以西的七里之间,两岸都是一叠叠的青山,仿佛一座座的翠屏一样。那水又浅又清,可以见水中的游鱼,水底的石子。遇到滩的所在,可以瞧到滚滚的急流,圈圈的漩涡,实在是难得欣赏的奇观。写到这里,觉得我这一支拙笔不能描摹其万一,且借昔人的好诗好词来印证一下,诗如钱塘梁晋竹《舟行七里泷阻风长歌》云:"层青叠翠千万重,一峰一格羞雷同,篷窗坐眺快眼饱,故乡无此青芙蓉。或如兔鹘起落势,或如鸾鹤回翔容,槎丫或似踞猛虎,蜿蜒或若游神龙。忽堂忽奥忽高圹,如壁如堵如长墉,老苍滴成悲翠绿,旧赭流作珊瑚红。巨灵手擘逊巉峭,米颠笔写输玲珑,中间素练若布障,两行碧玉为屏风,无波时露石齿齿,不雨亦有云蒙蒙。一滩一锁束浩荡,一山一转殊宠傸,前行已若苇港断,后径忽觉桃源通,樵歌隐隐深树外,帆影历历斜阳中。东西二台耸山半,乾坤今古流清风,我来祠畔仰高节,碧云岩下停游踪。搜奇履险辟藤葛,攀附无异开蚕丛,千盘百折始到顶,眼界直欲凌苍穹。斯游寂寞少同志,知者惟有羊裘翁。狂飙忽起酿山雨,四围岚气青葱茏,老鱼跳波瘦蛟泣,怒涛震荡冯异宫,舟师深惧下滩险,渡头小泊收帆篷。子陵鱼肥新笋大,舵楼晚饭钉盘充,三更风雨五更月,画眉啼遍峰头峰。"词如番禺陈兰甫《百字令》一阕,系以小序:"夏日过七里泷,飞雨忽来,凉沁肌骨,推篷看山,新黛如沐,岚影入水,扁舟如行绿颜黎中,临流洗笔,赋成此阕,倪与樊榭老仙倚笛歌之,当令众山皆响也。词云:江流千里,是山痕寸寸,染成浓碧。两岸画眉声不断,催送蒲帆风急。叠石皴烟,明波蘸树,小李将军笔。飞来山雨,满船凉翠吹入。便欲舣棹芦花,渔翁借我,一领闲蓑笠。不为鲈香兼酒美,只爱岚光呼吸。野水投竿,高台啸月,何代无狂客?晚来新霁,一星云外犹湿。"读了这一诗一词,就可知道七里泷之美,确是名不虚传的。

　　航行于富春江中的船,叫做江山船,有二三丈长的,也有四五丈长的,船身用杉木造成,满涂着黄润润的桐油,一艘艘都是光焕如新。船棚用芦叶和竹片编成,非常结实,低低地罩在船上,作半月形;前后装着门板,左右开着窗子,两面架着铺位，小的船有四个，大的船就有六个和八个，以供乘客坐卧之用。船上撑篙把舵，打桨摇橹的，大抵是船主的合家眷属，再加上三四名伙计，遇到了滩或水浅的所在，就由他们跳上岸去背纤，看了他们同心协力的合作精神，真够使人兴奋！

　　一船兀兀，从钱塘江摇到屯溪，前后足足有十三四天之久，而其中六七天，却在富春江至严江中度过，青山绿水间的无边好景，真个是够我们享受了。我们曾经迎朝旭，挹彩云，看晚霞，送夕阳，数繁星，延素月，沐山雨，栉江风。也曾听滩声，听瀑声，听渔唱声，听樵歌声，听画眉百啭声，听松风谡谡声。耳目的供养，尽善尽美，虽南面王不与易，真不啻神仙中人了。我为了贪看好景，不是靠窗而坐，就是坐在船头，不怕风雨的袭击，只怕有一寸一尺的好山水，轻轻溜走。但是每天天未破晓，船长就下令开行，在这晓色迷蒙中，却未免溜走了一些，这是我所引为莫大憾事的。幸而入夜以后，总得在什么山村或小镇的岸旁停泊过宿，其他的船只，都来聚在一起。短篷低烛之下，听着水声汩汩，人语喁喁，也自别有一种佳趣。我曾有小词《诉衷情》一阕咏夜泊云："夜来小泊平矼，富春江，左右芳邻都是住轻舠。波心月，清辉发，映篷窗。静听怒泷吞石水淙淙。"除了这江上明月，使人系恋以外，还有那白天的映日乌桕，也在我心版上刻下了一个深深的影子。因为我们过富春江时，正在十一月中旬深秋时节，两岸山野中的乌桕树，都已红酣如醉，掩映着绿水青山，分外娇艳。我们近看之不足，还得唤船家拢船傍岸，跳上去走这么十里五里，在树下细细观赏，或是采几枝深红的桕叶，雪白的桕子，带回船去做纪念品。关于这富春江上的乌桕，不用我自己咏叹，好在清代名词人郭频迦有《买陂塘》一词，写得加倍的美，郭词系以小序，全文如下："富阳道中,见乌桕新霜,青红相间;山水映发,帆樯洄沿,断岸野屋,皆入图绘,竟日赏玩不足,词以写之;绕清江一重一掩,高低总入明镜。青要小试婵娟手,点得疏林妆靓。红不定。衬初日明霞,斜日余霞映。风帆烟艇。尽闷拓窗棂,斜欹巾帽,相对醉颜冷。桐江道,两度沿缘能认。者回刚及霜讯。萧闲鸥侣风标鹭,笑我鬓丝飘影。风一阵,怕落叶漫空,埋却寻幽径。归来重省。有万木号风,千山积雪,物候更凄紧。"

　　船从富阳到严州的一段,沿江数百里,真个如在画图中行。那青青的山,可以明你的眼,那绿绿的水,可以洗净你的脏腑;无怪当初严子陵先生要薄高官而不为,死心塌地地隐居在富春山上,以垂钓自娱了。富阳以出产草纸著名,是一个大县。我经过两次,只为船不拢岸,都不曾上去观光,可是遥望鳞次栉比的屋宇,和岸边的无数船只,就可想象到那里的繁荣。

　　桐庐在富阳县西,置于三国吴的时代,真是一个很古老的县治了。在明代和清代,属于严州府,民国以来,改属金华,因为这是往游钓台和通往安徽的必经之路,游人和客商,都得在这里逗留一下,所以沿江一带,就特别繁荣起来。

　　过了桐庐,更向西去,约四五十里之遥,就到了富春山。山上有东西二台,东台是后汉严子陵钓台,西台是南宋谢皋羽哭文天祥处,都是有名的古迹。可是我们这时急于赶路,不及登山游览,但是想到一位高士,一位忠臣,东西台两两对峙,平分春色,也可使富春山水,增光不少。

　　自钓台到严州,一路好山好水,真是目不暇接,美不胜收。严州本为府治,置于明代,民国以后,改为建德县。我在严州曾盘桓半天,在江边的茶楼上与吴献书前辈品茗谈天,饱看水光山色。当夜在船上过宿;赋得绝句四首:"浮家泛宅如沙鸥,欸乃声繁似越讴;听雨无聊耽午睡,兰桡摇梦下严州。""玲珑楼阁峨峨立,品茗清淡逸兴赊;塔影亭亭如好女,一江春水绿于茶。""粼粼碧水如罗縠,渔父扁舟挂网回;生长烟波生计足,鸬鹚并载卖鱼来。""灯火星星随水动,严州城外客船多;篷窗夜听潇潇雨,江上明朝涨绿波。"

从富春江入新安江而达屯溪,一路上有许多急滩,据船夫说:共有大滩七十二,小滩一百几,他是不是过甚其词,我们可也无从知道了。在上滩时,船上的气氛,确是非常紧张,把舵的把舵,撑篙的撑篙,背纤的背纤,呐喊的呐喊,完全是力的表现。儿子铮曾有过一篇记上滩的文字,摘录几节如下:"汹涌的水流,排山倒海似的冲来,对着船猛烈地撞击,发出了一阵阵咆哮之声。船老大雄赳赳地站在船头,把一根又长又粗的顶端镶嵌铁尖的竹篙,猛力地直刺到江底的无数石块之间,把粗的一头插在自己的肩窝里,同时又把脚踏在船尖的横杠上,横着身子,颈脖上凸出了青筋,满脸涨得绯红。当他把脚尽力挺直时,肚子一突,便发出了一阵'唷——嘿'的挣扎声。船才微微地前进了一些。这样打了好几篙,船仍没有脱险,他便将桅杆上的藤圈,圈上系有七八根纤绳,用浑身的力,拉在桅杆的下端,于是全船的重量,全都吃紧在纤夫们的身上,船老大仍一篙连一篙地打着,接着一声又一声地呐喊。在船艄上,那白发的老者双手把着舵,同时嘴里也在呐喊,和船老大互相呼应。有时急流狂击船梢,船身立刻横在江心,老者竭力挽住了那千斤重的舵,半个身子差不多斜出船外,呐喊的声音,直把急流的吼声掩盖住了。在岸滩上,纤夫们竟进住不动了。他们的身子接近地面,成了个三十度的角,到得他们的前脚站定了好一会之后,后脚才慢慢地移上来,这两只脚一先一后地移动,真的是慢得无可再慢的慢动作了。他们个个人都咬紧了牙关,紧握了拳头,垂倒了脑袋,腿上的肌肉,直似栗子般的坟起。这时的纤绳,如箭在张大的弓弦上,千钧一发似的,再紧张也没有了。终于仗着伟大的人力,克服了有限的水力,船身直向前面泻下去。猛吼的水声,渐渐地低了;最后的胜利,终属于我!"这一篇文字虽幼稚,描写当时情景,却还逼真。富春江上的大滩,以鸬鹚滩与怒江滩为最著名。我过怒江滩时,曾有七绝一首:"怒江滩上湍流急,郁郁难平想见之,坐看船头风浪恶,神州鼎沸正斯时。"关于上滩的诗,清代张祥河有《上滩》云:"上滩舟行难,一里如十里。自过桐江驿,滩曲出沙觜。束流势不舒,遂成激箭驶。游鳞清可数,累累铺石子。忽焉涉深波,鼋鼋伏中止。舟背避石行,邪许声满耳。瞿塘滟滪堆,其险更何似?"

　　画眉是一种黄黑色的鸣禽,白色的较少,它的眉好似画的一般,因此得名。据说产于四川;但是富春江上,也特别多。你的船一路在青山绿水间悠悠驶去,只听得夹岸柔美的鸟鸣声,作千百啭,悦耳动听,这就是画眉。所以昔人歌颂富春江的诗词中,往往有画眉点缀其间。我爱富春江,我也爱富春江的画眉,虽然瞧不见它的影儿,但听那婉转的鸣声,仿佛是含着水在舌尖上滚,又像百结连环似的,连绵不绝,觉得这种天籁,比了人为的音乐,曼妙得多了。我有《富春江凯歌》一绝句,也把画眉写了进去:"将军倒挽秋江水,洗尽黏天战血斑;十万雄师齐卸甲,画眉声里凯歌还。"此外还有一件俊物,就是鲥鱼。富春江上父老相传,鲥鱼过了严子陵钓台之下,唇部微微起了红斑,好像点上一星胭脂似的。试想鳞白如银,加上了这嫣红的脂唇,真的成了一尾美人鱼了。我两次过富春江,一在清明时节,一在中秋以后,所以都没有尝到富春鲥的美味,虽然吃过桃花鳜,似乎还不足以快朵颐呢。据张祥河钓台诗注中说:"鲥之小者,谓之鲥婢,四五月间,仅钓台下有之。"鲥婢二字很新,《尔雅》中不知有没有? 并且也不知道张氏所谓小者,是小到如何程度。往时我曾吃过一种很大的小鱼,长不过一寸左右,桐庐人装了瓶子出卖,味儿很鲜,据说也出在钓台之下,名子陵鱼。

1938 年 1 月

初冬过三峡

◎萧乾

一

听说船早晨十点从奉节入峡,九点多钟我揣了一份干粮爬上一道金属小梯,站到船顶层的甲板上了。从那时候起,我就跟天、水以及两岸的巉岩峭壁打成一片,一直仁立到天色昏暗,只听得见成群的水鸭子在江面上啾啾私语,却看不见它们的时候,才回到舱里。在初冬的江风里吹了将近九个钟头,脸和手背都觉得有些麻木臃肿了,然而那是怎样难忘的九个钟头啊!我一直都像是在变幻无穷的梦境里,又像是在听一阕奔放浩荡的交响乐章:忽而妩媚,忽而雄壮;忽而阴森逼人,忽而灿烂夺目。

整个大江有如一环环接起来的银链,每一环四壁都是蔽天翳日的峰峦,中间各自形成一个独特天地,有的椭圆如琵琶,有的长如梭。走进一环,回首只见浮云衬着初冬的天空,自由自在地游动,下面众峰峥嵘,各不相让,实在看不出船是怎样硬从群山缝隙里钻过来的。往前看呢,山岚弥漫,重岩叠嶂,有的如笋如柱,直插云霄,有的像彩屏般森严大方地屹立在前,挡住去路。天又晓得船将怎样从这些巨汉的腋下钻出去。

那两百公里的水程用文学作品来形容,正像是一出情节惊险,故事曲折离奇的好戏,这一幕包管你猜不出下一幕的发展,文思如此之绵密,而又如此之突兀,它迫使你非一口气看完不可。

出了三峡,我只有力气说一句话:这真是自然之大手笔。晚餐桌上,我们拿它比过密西西比河,也比过从阿尔卑斯山穿过的一段多瑙河,越比越觉得祖国河山的奇瑰,也越体会到我们的诗词绘画何以那样峻拔奇伟,气势万千。

二

没到三峡以前,只把它想象成岩壁峭绝,不见天日。其实,太阳这个巧妙的照明师不但利用出峡入峡的当儿,不断跟我们玩着捉迷藏,它还会在壁立千仞的幽谷里,忽而从峰与峰之间投进一道金晃晃的光柱,忽而它又躲进云里,透过薄云垂下一匹轻纱。

早年读书时候,对三峡的云彩早就向往了,这次一见,果然是不平凡。过瞿塘峡,山巅积雪跟云絮几乎羼在一起,明明是云彩在移动,恍惚间却觉得是山头在走。过巫峡,云渐成朵,忽聚忽散,似天鹅群舞,在蓝天上织出奇妙的图案。有时候云彩又呈一束束白色的飘带,它似乎在用尽一切轻盈婀娜的姿态来衬托四周叠起的重岭。

初入峡,颇有逛东岳庙时候的森懔之感。四面八方都是些奇而丑的山神,朝自己扑奔而来。两岸斑驳的岩石如巨兽伺伏,又似正在沉眠。山峰有的作蝙蝠展翅状,有的如尖刀倒插,也有的似引颈欲鸣的雄鸡,就好像一位魄力大、手艺高的巨人曾挥动千钧巨斧,东斫西削,硬替大江斩出这道去路。岩身有的作绛紫色,有的灰白杏黄间杂。著名的"三排石"是浅灰带黄,像煞三堵断垣。仙女峰作杏黄色,峰形尖如手指,真是瑰丽动人。

尽管山坳里树上还累累挂着黄澄澄的广柑,峰巅却见了雪。大概只薄薄下了一层,经风一刮,远望好像楞楞可见的肋骨。巫峡某峰,半腰横挂着一道灰云,显得异常英俊。有的山上还有闪亮的瀑布,像银丝带般蜿蜒飘下。也有的虽然只不过是山缝儿里淌下的一道涧流,可是在夕阳的映照下,却也变成了金色的链子。

船刚到夔府峡,望到屹立中流的滟滪滩,就不能不领略到三峡水势的崄巇了。从那以后,江面不断出现这种拦路的礁石。勇敢的人们居然还给这些暗礁起下动听的名字:如"头珠石"、"二珠石"。这以外,江心还埋伏着无数险滩,名字也都蛮漂亮。过去不晓得多少生灵都葬身在那里了。现在尽管江身狭窄如昔,却安全得像个秩序井然的城市。江面每个暗礁上面都浮起红色灯标,船每航到瓶口细颈处,山角必有个水标站,门前挂了各种标记,那大概就相当于陆地上的交通警。水浅地方,必有白色的报航船,对来往船只报告水位。傍晚,还有人驾船把江面一盏盏的红灯点着,那使我忆起老北京的路灯。

每过险滩,从船舷俯瞰,江心总像有万条蛟龙翻滚,漩涡团团,船身震撼。这时候,水面皱纹圆如铜钱,乱如海藻,恐怖如陷阱。为了避免搁浅,穿着救生衣的水手站在船头的两侧,用一根红蓝相间的长篙不停地试着水位。只听到风的呼啸,船头跟激流的冲撞，和水手报水位的喊声。这当儿，驾驶台一定紧张得很了。

船一声接一声地响着汽笛，对面要是有船，也鸣笛示意。船跟船打了招呼，于是，山跟山也对语起来了，声音辽远而深沉，像是发自大地的肺腑。

三

最令人惊心动魄的是激流里的木船。有的是出来打鱼的，有的正把川江的橘麻往下游运。剽悍的船夫就驾着这种弱不禁风的木船，沿着嶙峋的巉岩，在江心跟汹涌的漩涡搏斗。船身给风刮得倾斜了，浪花漫过了船头，但是勇敢的桨手们还在劲风里唱着号子歌。

这当儿，一声汽笛，轮船眼看开过来了。木船赶紧朝江边划。轮船驶过，在江里翻滚的那一万条蛟龙变成十万条了，木船就像狂风中的荷瓣那样横过来倒过去地颠簸动荡。不管怎样，桨手们依旧唱着号子歌，逆流前进。他们征服三峡的方法虽然是古老过时的，然而他们毕竟还是征服者。

三峡的山水叫人惊服，更叫人惊服的是沿峡劳动人民征服自然，谋取生存的勇气和本领。在那耸立的峭壁上，依稀可以辨出千百层细小石级，蜿蜒交错，真是羊肠蟠道三十六迴。有时候重岩绝壁上垂下一道长达十几丈的竹梯，远望宛如什么爬虫在巉岩上蠕动。上面，白色的炊烟从一排排茅舍里袅袅上升。用望远镜眺望，还可以看到屋檐下晒的柴禾、腊肉或渔具，旁边的土丘大约就是他们的祖茔。峡里还时常看见田垄和牲口。在只有老鹰才飞得到的绝岩上，古代的人们建起了高塔和寺庙。

船到南津关,岸上忽然出现了一片完全不同的景象:山麓下搭起一排新的木屋和白色的帐篷。这时候,一簇年轻小伙子正在篮球架子下面嘶嚷着,抢夺着。多么熟稔的声音啊!我听到了筑路工人铿然的铁锹声,也听到更洪亮的炸石声。赶紧借过望远镜来一望,镜子里出现了一张张充满青春气息的笑脸。多巧啊,电灯这当儿亮了,我看见高耸的钻探机。

原来这是个重大的勘察基地,岸上的人们正是历史奇迹的创造者。他们征服自然的规模更大,办法更高明了。他们正设计在三峡东边把口的地方修建一座世界最大的水电站,一座可以照耀半个中国的水电站。三峡将从蜀道上一道崄巇的关隘,变成为幸福的源泉。

山势渐渐由奇伟而平凡了,船终于在苍茫的暮色里,安全出了峡。从此,漩涡消失了,两岸的峭岩消失了,江面温柔广阔,酷似一片湖水。轮船转弯时,衬着暮霭,船身在江面轧出千百道金色的田垄,又像有万条龙睛鱼在船尾并排追踪。

江边的渔船已经看不清楚了,天水交接处,疏疏朗朗只见几根枯苇般的桅杆。天空昏暗得像一面积满尘埃的镜子,一只苍鹰此刻正兀自在那里盘旋。它像是在寻思着什么,又像是对这片山川云物有所依恋。

1956 年 11 月 15 日

一条弯曲的河路

◎靳以

装载他和其余许多人的那只船，一面颤抖，一面左右摆着向前行进。起初人们站着，因为人多，挤住了，所以身子也不会摇动，过后有些人不知道被那些怒吼着的茶房给打发到哪里去了，才从上面递下来许多只简便的帆布椅，椅子连椅子地排起，总算把一个人安顿坐下来了。

他恰巧挤在船头，可以弯着背，把两只肘子支在铁栏杆上，可是当每个人经过他的身后，他必须挺起身子，否则那个人就无法通过的。

眼前却展开一片好景色，他想不到才离开那烟雾沉沉的山城，便能得一幅青翠如洗的江山图，虽然在冬天，山仍然着了一身碧凝的林木，而江水，竟如同江南家园的小山边，一泓溪水的清澈，那是完全不能依凭想象的，那蓝得像海，像北方的深秋天，静静地流着，像一个沉默的少女；可是船走过去，却激起颇大的浪花，那是为什么呢！

（你不知道么，它是迎着逆流向上的，下水一小时的路程，上水就要两小时，而且当着夏天秋天，浊黄的急流翻滚着，你就无法设想它是曾经安静过的，曾经使你用处子这两个字形容过它的。）

河身还宽阔的，不过有时江中为一片沙滩占去一大片，这时候那上面有屋有人，听说到了大水，就连沙滩也失去了踪影。

听说河身宽广，可是舵手像忘记两点之间最短的距离是一条直线似的，摇晃的船一直在走一条弯弯曲曲的路。

"真不容易呵，赶这许多滩，不晓得一冬要打破好多船！"

对于那些老行客，自然都怀了惴惴之心，可是他却什么也不明白，他贪恋观赏山水，不过有时候看到没有风而起的波浪，同时船就侧一侧身子，转了一个方向，使他能看见起着波浪的水的下面，原来有许多大小的岩石，好像凶恶地立在那里，等候一个新的攫取物似的。

船是不会停止的，燃烧的柴油的劣味在空中弥漫着；可是那速度实在是慢得惊人，岸上的一个赶路人总是或前或后的差不了好远。有时候，它没有移动，反被江流冲下来些，于是它更番地冒着气，晃了晃身子，又朝上顶过去。如果两次失败了之后，茶房就咧开他那河马一般的大嘴叫着：

"划子打不上去啰，请客人们到后舱去一下，赶过滩再回来。"

他也和其他的人一样，移动到后边去，等着船的努力没有落了空，才又就原有的座位坐下来。又有一次，人的移动也无效了，船就爽性傍了岸，请一部分客人到岸上去走，过了二三十丈的路，才把那些走着的搭船客，又接到船上。

不管怎么说吧，那只船像还一直是努力着朝前走着的，说是水路一百二，怎么计算是一百二呢，那就实在有一点摸不清了。

他站在那里，迎面吹来的寒风也使他有些禁不住，就把大衣的领子拉上去，尽可能地把头缩下去，像昼间的猫头鹰。

路是在走着啊,那是飞龙口,听说当年有一条飞龙落在那里的,可是如今什么都没有,只听说出产大量的鳝鱼,在水急难生鱼的这一条江中,也算一个小小的奇迹。再过去。又是两小时,什么都没有啊,然后到了。一个长胡子的本地人告诉他,再走二十里,就是吉祥场。

对于这些陌生的小地名,他有什么兴趣呢!他原是一个过客,在过客的眼里这些场啊镇啊的,实在是没有了不得的兴趣,他不过瞥一眼看,那几百级的石阶引到上面显得歪斜的房屋,于是缭绕在上面的就是炊烟,他要看河心中。下流的或上流的,斯文的穿的长衫不穿裤子头上还裹了白头巾的水手,他们少气无力地摇着桨,同时还唱着抑扬有致的歌。顺着流,也许飘来一具浮尸,头向下,中间的部分高起来,全身肿胀发白,像霉了的豆腐。

船还是在走着,一时又到了石村。说是石村,看不见一方石,只见黄沙上的岸边,被水冲刷得下部空了。长胡子的老人捻须微笑了。他高兴地告诉他,没有多少路,船就要到地了。

他倒并不一定因为可以到了便感到欣喜,他原是要来看的,索性张大了眼,一路看过去。看,白仙庙已经在望了。出产乌金墨玉的地方,偏偏要叫白仙庙!快拢了,山顶缓缓地行驶着全省唯一的轻便火车,好像一不小心,就要滚下江心,可是这只是人的幻想,属于真实的却是那上面住了些黑手黑脚黑脸膛成天在高热的煤洞里的工人,还有些黑心的只在利润上打算盘的资本家。

船不曾停,穿过小三峡,那个北山实验区就遥遥在望了。

这是只要十五分钟,船就停下来,客人走下来,这个短短的旅程,就告了一个结束。

一番游山玩景洗温泉的好兴致早被这艰险的行程消散了,惟自在心里咕喊着:"下次可不这么来,这真不是玩的。"两只瞪得大大的眼睛却无目的地搜寻着,看到那边有几只不透水的空油桶,知道那是以备万一的,可是桶有六只,人却有八个,船夫们还没有算在里面。

　　真要是遇了事,两个要丧失性命的好像已经一定了。但是这种想头,一过了大渡口也就烟消云散,因为不再有滩,也不再有浪,船夫们已经扯起篷,一面乌路路地呼风,一面拿起竹烟杆来,装上一段叶子烟,悠闲地在船头抽起来了。

　　坐船的人仿佛也松了一口气,回望那无时不在响着波浪的浅滩,既恐惧又厌恶地把头转向前,——那是两面被林树都遮盖起来的山峰,而江水是恬静地安娴地在它们的怀抱中流着。远处,有潺潺的流泉,这就足以惹动了新来的一份诗心。极目力去看,就看到那一条弯弯曲曲下来的一股白花花的流水,耐性地等待,不久也就来到眼前,那是一条自高流下来的冒着气的细水,经过处,还长了绿茸茸的长苔;可是有一股触鼻的恶气使人不能忍耐,问了船夫,才知道那是洗涤过多少人泥垢的泉水,就流淌下来,随着江流送到下游去做居民的用料和饮料去。

　　抬头看,崖边一座危楼,显然地还有一线水渍,原来是夏秋间水涨时淹过的。

　　"那还能住得人么?"

　　"什么,哼,挤还挤不上,你先生们拢了上去看,多半还得打回头住到镇上去。"

　　可是这是谁也不相信的,原来是游览区,要这些不死的住在后方的人还能到这里来透一口气,不能说就要这些人跑了来又滚回去,而且过了那座危楼,树里山边,隐隐约约地还看到不少座房子,有的是绿竹为盖为壁,更远更高处,还有黄瓦绿瓦修造起来伟大的建筑,难说那只该空在那里,让人只留下一段辛苦艰难的路程,又匆匆地赶着日落前回到那个镇上去么?

还在寻思着的时节,船已经拢了,爬上囤船,踱过跳板,抬头看,一条望不见头的石阶等在那里,能上也得上,不能上也得上,总没有那样的弱者,一看见这么多的石梯,就回头又上了小船,向着下流驶去。有两乘滑竿立在那里,可是没有人抬,害得一个中年妇人扯了嗓子喊一番,结果还是两步一停三步一坐地走这节困苦的路。

"幸亏你,这还不是伏暑天,要不然……"

他自自然然地在心里这样想。

"先生,你可不知道,他怎么能不起得这样高?夏天来了,那一阵子山水下来,就得淹上来,水势又急,一夜就跳两三丈,就是防备也来不及。"

那个土著老人,幽闲地回答他的话,当他恭敬地提出来温顺的抗议的时候。

一面擦着汗,一面道谢,他又只得摇晃着身躯向上去。

画山绣水

◎杨朔

自从唐人写了一句"桂林山水甲天下"的诗,多有把它当作品评山水的论断。殊不知原诗只是着力烘衬桂林山水的妙处,并非要褒贬天下山水。本来天下山水各有各的特殊风致,桂林山水那种清奇峭拔的神态,自然是人间少有的。

尤其是从桂林到阳朔,一百六十里漓江水路,满眼画山绣水,更是大自然的千古杰作。瞧瞧那漓水,碧绿碧绿的,绿得像最醇的青梅名酒,看一眼也叫人心醉。再瞧瞧那沿江攒聚的怪石奇峰,峰峰都是瘦骨嶙峋的,却又那样玲珑剔透,千奇百怪,有的像大象在江边饮水,有的像天马腾空欲飞,随着你的想象,可以变幻成各种各样神奇的物件。这种奇景,古往今来,不知有多少诗人画师,想要用诗句、用彩笔描绘出来,到底谁又能描绘得出那山水的精髓?

凭着我一支钝笔,更无法替山水传神,原谅我不在这方面多费笔墨。有点东西却特别触动我的心灵。我也算游历过不少名山大川,却从来没见过一座山,这样凝结着劳动人民的生活感情;没见过一条水,这样泛滥着劳动人民的智慧的想象。只有桂林山水。

如果你不嫌烦,且请闭上眼,随我从桂林到阳朔去神游一番,看个究竟。最好是坐一只竹篷小船,正是顺水,船稳,舱里又明亮,一路山光水色,紧围着你。假使你的眼福好,赶上天气晴朗,水面平得像玻璃,满江就会画着一片一片淡墨色的山影,晕乎乎的,使人恍惚沉进最恬静的梦境里去。

这种梦境往往要被顽皮的鱼鹰搅破的。江面上不断漂着灵巧的小竹筏子,老渔翁戴着尖顶竹笠,安闲地倚着鱼篓抽烟。竹筏子的梢上停着几只鱼鹰,神气有点迟钝,忽然间会变得异常机灵,抖着翅膀扑进水里去,山影一时被搅碎了。一转眼,鱼鹰又浮出水面,长嘴里咬着条银色细鳞的鲢子鱼,咕嘟地吞下去。这时渔翁站起身伸出竹篙,挑上鱼鹰,一捏它的长脖子,那鱼便吐进竹篓里去。你也许会想:鱼鹰真乖,竟不把鱼吞进肚子里去。不是不吞,是它脖子上套了个环儿,吞不下去。

可是你千万不能一味贪看这类有趣的事儿,怠慢了眼前的船家。他们才是漓江上生活的宝库。那船家或许是位手脚健壮的壮族妇女,或许是位两鬓花白的老人。不管是谁,心胸里都贮藏着无数迷人的故事,好似地下的一股暗水,只要戳个小洞,就要喷溅出来。

你不妨这样问一句:"这一带的山真绝啊,都有个名儿没有?"那船家准会说:"怎么没有? 每个名儿还都有来历呢。"

这以后,横竖是下水船,比较消闲,热心肠的船家必然会指点着江山,一路告诉你那些山的来历:什么象鼻山、斗鸡山、磨米山、螺蛳山……大半是由山的形状得到名字。譬如磨米山头有块岩石,一看就是个勤劳的妇女歪着身子在磨米,十分逼真。有的山不但象形,还流传着色彩极浓的神话故事。

迎面来了另一座怪山,临江是极陡的悬崖,船家说那叫父子岩,悬崖上不见近似人的形象,为什么叫父子岩,就难懂了。

你耐心点,且听船家说吧。

　　船家轻轻摇着橹,会告诉你说:古时候有父子二人,姓龙,手艺巧,最会造船,造的船装得多,走起来跟箭一样快。不料叫圩子上一个万员外看中了,死逼着龙家父子连夜替他赶造一条大船,准备把当地粮米都搜刮起来,到合浦去换珠子,好献给皇帝买官做。粮米运空了,岂不要闹饥荒,饿死人吗?龙家父子不肯干,藏到这儿的岩洞里,又缺吃的,最后饿死了。父子岩就这样得了名,到如今大家还记着他们的义气……前面再走一段水路,下几个险滩,快到寡妇桥了,也有个故事……

　　究竟从哪年哪代传下来这么多故事,谁也说不清。反正都说早年有这样一个善心老婆婆,多年守寡,靠着种地打草鞋,一辈子积攒几个钱。她见来往行人从江边过,山路险,艰难得很,便拿出钱,请人贴着江边修一座桥。修着修着,一发山水,冲垮了,几年也修不成。可巧歌仙刘三姐路过这儿,敬重寡婆婆心地善良,就亲自参加砌桥,一面唱歌,唱得人们忘记疲乏,一面一鼓气把桥修起来。刘三姐展开歌扇,扇了几扇,那桥一眨眼变成了石头的,永久也不坏。

　　……前边那不就是寡妇桥?你看临江拱起一道石岩,下头排着几个岩洞,乍一看,真像桥呢!岩上长满绿莹莹的桉树、杉树、凤尾竹,清风一吹,萧萧瑟瑟的,想是刘三姐留下的袅袅的歌音吧?

　　船到这儿,渐渐接近阳朔境界,江上的景色越发奇丽。两岸都是悬崖峭壁,累累垂垂的石乳一直浸到江水里去,像莲花,像海棠叶儿,像一挂一挂的葡萄,也像仙人骑鹤、乐手吹箫……说不定你忘记自己是在漓江上了呢!觉得自己好像走进一座极珍贵的美术馆,到处陈列着精美无比的石头雕刻。可不是嘛,右首山顶那块石头,简直是个妙手雕成的石人,穿着长袍,正在侧着头往北瞭望。下边有个妇人,背着娃娃,叫作望夫石。不待你问,船家又该对你说了:早年闹灾荒,有一对夫妇带着小孩,背着点米,往桂林逃荒。逃到这里,米吃完了,孩子饿得哭,哭得夫妇心里像刀绞似的。丈夫便爬上山顶,想瞭望桂林还有多远,妻子又从下边望着丈夫。刚巧在这一刻,一家人都死了,化成石头。这是个神话,却又是多么痛苦的事实。

江山再美,谁知道曾经洒过多少劳动人民斑斑点点的血泪。假如你听见船家谈起媳妇娘(新娘)岩的事情,就更能懂得我的意思。媳妇娘岩是阳朔境内风景绝妙的一处,杂乱的岩石当中藏着个洞,黑黝黝的,洞里是一潭深水。

船家指点着山岩,往往叹息着说:"多可怜的媳妇娘啊!正当好年龄,长得又俊,已经把终身许给自己心爱的情郎了,谁料想一家大财主仗势欺人,强逼着要娶她。那姑娘坐在花轿里,思前想后,等走到岩石跟前,她叫花轿停下,要到岩石当中去拜神。一去,就跳到岩洞里了。"

到这儿,你兴许会说:"这都是以往的旧事了,现在生活变了样儿,山也应该改改名儿,别尽说这类阴惨惨的故事才好。"

为什么要改名呢?就让这极美的江山,永久刻下千百年来我们人民艰难苦恨的生活记录吧,这是值得深思的。今后呢,人民在崭新的生活里,一定会随着桂林山水千奇百怪的形态,展开丰富的想象,创造出新的神话,新的故事,你等着听吧。

画山绣水

岷江上

◎方菲

　　四川是这样一个地方，能让人仰天长啸，志壮凌云，却又能使人淡泊恬静，沉郁多思。流亡的人，离开了故乡，漂泊在大江之上，从三峡的绝壁下面驶过，日夜听着跌宕的水声，在晨光和朝雾中眺望白帝城，寻找千年前盛事的遗迹，于是唏嘘的儿女之情，便再也不能适合了。在碧如油的嘉陵江边，在古木苍天的龙藏寺（在四川新繁县）和宝光寺（在四川新都县）里，却又不是壮怀激烈了。四川真是使人眷恋不释，雄跨在长江和嘉陵江上的山城，重庆；带着古色古香饶有大家风度的成都，青城山脚万马奔腾的都江堰，峨眉山峰苍苍茫茫的云海，这些地方凡是去过四川的人，怎能忘得了呢？可是更使我思念的，却还不是这些地方，我曾低着头悄悄地从峨眉山下经过了两次，一点也没有自怨自艾，可是在岷江之畔，却有些不引人注目的小地方使我辗转难忘。

　　岷江是四川西部一支主要的河流，自北而向东南，流到合江便和长江会合了，也是成渝间的一条交通路。自重庆到成都，若是由岷江水行，未始不可，可是因为是上行，时间花费得太多，自嘉定以上，只能行木船，速度更慢了，因此还是乘公路车好。公路盘旋在崇山峻岭中，山川奇景，终日在眼前更换着，虽然有些颠簸，也不觉苦了。自成都到重庆，却是走水路好，先乘木船在岷江，轻快的涟漪里，顺水往下淌，顶多三天可抵嘉定，水大的时候，有汽船自嘉定直驶重庆，大约两天可到。去年夏天我自成都由岷江到重庆，经过彭山、嘉定、宜宾、安江、合江、白沙、江津等一共有十余个小地方，多少都停下来看了看。这条恬静的岷江，直到现在，使我追忆不尽。

出了成都的西城，跳上木船，船夫把篙子在江心轻轻地一点，船身荡了荡便离开成都了。十个青年船夫在船头摇桨，一面高声地呼唱着，舵手倚在后舵上，眺望着远处的天际，似乎没有想起自己是在做什么。船老板是一个双耳垂肩的大胖子，在舱门口呼呼地昏睡，偶然翻个身高声说：

"今天晚上赶到彭山哪！"

船篷外下着丝丝的微雨，木船在水面轻快地滑着，走过一个城市或是小镇的时候，便停下上岸去四面逛逛，买些食物回船，做出各种怪味菜来吃。天色昏暗以前，船便停泊了，岸上的山在黄昏中从青的变成黑色的，又变成灰的，一会儿什么都分不清了，船夫一个一个提着酒壶，背上插着烟杆，上岸寻赌局去了。天上最初出现一颗黄色的大星，闪了几闪，在人不留神的时候满天都点亮了，我们一个一个地从船舷溜下水，先是扶着船边在清的凉水里探索的走着，一会儿便听泼水的声音在四周响了。船夫们都在岸上找住宿的地方，于是我们把行李在船头和船尾打开，张开四肢舒舒服服地睡起来。半夜醒来远处有不知名的鸟叫，依然是满天星斗，天是那样的高不可及，使人觉得身子悬了空，又似乎是在一个无底的空虚里往下沉，永远不着到边底。像这样地过了两夜，第三天的上午到达嘉定。嘉定是一个山明水秀的小城，战事以后迁移去的人也很多，武汉大学也在那边作客。街上往来都可遇见操着各地方言的学生。到嘉定的第二天便去游览著名的大佛寺、乌尤寺和五通桥的盐井。船行不过廿分钟，就可以看到石壁上高十余丈的大佛，用冷漠而不满的神气凝视着清澈的江水。船在水平的地方停了，爬上山去从寺里穿过，爬上石佛的头顶，饱览四周如画的景色。从大佛寺出来，在浓密的萝藤和杂树中的山路上转到乌尤寺，拜望了郭璞的尔雅台，苏东坡洗砚的遗址，又回来匆匆忙忙地赶到五通桥去。五通桥在嘉定南边廿五华里左右，是四川有名的产盐区。小船从大佛的脚下驰过，顺水而下，大约三小时便可到达。五通桥的镇市小而安静，沿江有宽阔的马路。两边都是葱翠的老树，在自然中自生自长起来的，用各种天矫的姿态，荫拂着安静的堤岸和行人。走出了五通桥的镇市，一径去参观盐井。这儿的盐井多半是私人出资开凿的，每个盐井口径不过七八寸左右，可是深却有五十丈。开凿井的工程很苦，而且完全由人力和最简单的器具一小块一小块地把泥石取出，有时挖到二三十丈的时候，发现下面无盐可取，前功尽弃的也很多。从这种困苦工作取出盐水，再熬炼成盐以后，多半用人工背运到云南、贵阳各省。在渝筑公路上，却曾看见过运盐的苦工，他们把像岩石一样的咸块，背在背上，高过头顶，一步一步地在高山峻岭中穿行，休息的时候便倚在一根木棍子上斜靠一下，每人都带一把盐，到吃饭的时候拿出来，调在稀饭里吃下去饱腹。这样一共要走十几天才能从重庆走到贵阳，据说在以前一趟的工钱仅仅三块大洋，这种话最初简直叫人不能相信，可是他们所要求的不过是能生活，能从今天踱到明天，甚至于连明天也不能知道，只求今天是在生活下去。他们不想有高楼大厦，不想甘食美服，不想受教育做文化人，也不想做人类的支配者，只要生活允许他们做个有生命的奴隶便足了,三块钱是足够作一个奴隶最低的付偿的。在我们广大的国度中,有千百万的人是拿人所不能置信的艰苦和伟大的劳力,每天在和生活作着顽强的斗争。在今日的世界上,还有哪一个地方,哪一个国家,能和我们相比呢?这种民族将要在地球上繁衍他的子孙,生活下去直到永远。

从五通桥回到嘉定城,因为是逆水,船行太慢。所以我们是坐人力车,沿着江岸上行,路很狭,不过比一辆人行车较宽,一面是靠着山,一面是峻峭的堤壁,堤壁之下便是岷江在缓缓地流过。因为车夫走得快慢不同,大家都失散了。四周都是深浅的黑色夹着灰色,没有月亮,满山都是萤火,好像是千百颗火星,把整块的黑暗烧焦了。大约三小时之后,才看见嘉定城市的灯火,车停下来,才知道还得坐船,渡过岷江,回到嘉定。

自嘉定乘民生公司的汽船直航重庆,船很宽大,也还整洁。第三天上午抵白沙,因为探望一个朋友,所以下来住了三天。白沙地方小而杂乱,无甚可取,沿着江岸直走,把热闹的街市走完了,便可看到几棵又老又大的黄桷树,在那儿有一个小小山形的岛,四面都是水。从沙岸上走过去,有渡船等在那里,乡间的农民或是贫苦的人可以大模大样地跨上船,船夫很慷慨地把篙子一撑就把他们渡过去了。可是衣冠齐整的先生太太阶级便是要收一两分钱的渡船费,有时还要麻烦几声。黄昏的时候,在静悄的大树下走过,不必呼唤,船夫看见有人走近自会把船撑拢,你可以安闲地跳上渡船。于是灰色的江天便把你包裹起来了,若是时间早一点,太阳刚好浮在天边的江面上,正是"半江瑟瑟半江红"的诗境。这条渡是江水的一个小支流，不过五分钟便渡过，对岸便是白沙的马项垭填，有一个大学先修班设在那儿。船停以后，走上沙土的江岸，便是石阶的小路，路旁尽是萝藤和不知名的浓密的树木，触鼻的全是花草的气息，使人感觉到有异国的情调。岛的顶部是大学先修班的简单校舍，一座一座地建筑在山坡上。在这个小岛的上面每个方向都可以看见大江，只要太阳一偏了西，晚来起了一点凉风，满山的树木和高粱玉蜀黍便吹啸着，四面都是秋天的情致。西面的江面被落月烤得猩红，东面的江水却是苍苍茫茫，在暮色中拍着堤岸。不一会落日已被你眼前的高粱叶子遮住了，从天际一直到岛上的小石路都渐渐地模糊起来，江水便像是涂了油一样，成了黝黑色的一大片。在远远的不可知的地方浮动着有魔性的渔船的灯火，一个，两个，三个，一会儿一排岸边都是了。这个小岛，似乎一向为世界上的人所遗忘了，潮水和太阳把它培养起来，所以才有这样恬适的意境，可是现在在祖国的国土上，没有一个地方不是在震撼着的，因此小小的马项垭的小岛也不能逃出。往往在午夜的时候，岛上吹起又悲惨又急促的号角，林木里的宿鸟都惊起了，啪啪地乱飞，黑暗里各处都骚动起来，这便是日机在附近的地方夜袭了，虽然白沙至今还没有受过轰炸，可是日机却也常常过境。有时似乎隐约地听得机声和炸弹爆裂声，因此在这个幽美的小岛上，也散下了恐怖的情绪。

从白沙下行不过两三小时便到四川有名的产柑橘的江津。江津的城市还没有嘉定大，可是街道却异常整洁、安静，使人感觉到一种熟悉亲切的情绪。战事以后长江下流的人搬去的很多，其中最多的恐怕还算安徽人，因此大家说江津已经是一个安徽城了。在十月以后一直到第二年一二月都是吃橘子的时期,橘子一共分两种:一种和美国橘子完全相似的,当地人叫做广柑,另一种普通红橘子叫做橘柑,广柑一元法币在以前可买一百五十只左右,橘柑一元至少有二百只,因此住在江津的人在冬季可以尽量地饱嗜柑橘的美味了。江津的岸叫做德感坝,有国立第九中学设在那边。水大的时候过江差不多要花费一小时之久,江岸是一片广阔忧郁的高粱地,人很稀少,渡船也不多,可是并不使人感觉到荒凉寂寞。在清晨或是黄昏,从高粱地中的小路上走走,再坐下来听几丈高的高堤下江水淼淼地流过,于是悠远的故乡便又在心上浮起了。不久以前听说国立第九中学有一个流亡出来的女学生,每天清晨要到江岸上来凝视江水,可是有一天突然从几丈的高壁上跳下去,随着江水漂流到故乡去了。秋后江水落了,于是两岸的沙滩上有无数美丽的石子,有的绯红似玛瑙,有的是黑白黄各色相间的,有的上面有波涛的纹迹,假使你有闲情,尽可自清早拾起拾到黄昏,一点也不会厌倦。有江涛轻快的呼啸而过,有白色灰色的鸥鸟在四周飞转,把远处的泥沙带到你头上,还有苍翠的山光,给你无限的情致,这些你怎能厌倦呢?

　　描绘不尽的岷江,叫人怎能忘记呢?

寨寮溪半日

◎林斤澜

　　"寨寮溪"听起来边远，还有点异族味道。其实是浙南繁忙的飞云江的一段中游。飞云大桥造好以前，过往等待轮渡的大小车辆，摆出几公里，等上一两个小时用不着说对不起。

　　括苍山脉好像是东海的延伸，惊涛拍岸，拍着拍着浪头上了陆地叫做山头。这里的山头就和北边的干山头很不一样；水湿，长年翠绿。那滴答下来的水珠汇成溪流，溪流无数，哪一条山缝里都有，顺着山势或迂回或直泻，每个落差都是瀑布，起名字都起不过来，不像有些地方三五尺水就要凿岩刻石。

　　有一股水沿着刘伯温的足迹，从盘谷盘下文成岭的，就是寨寮溪。溪水在山影中，溪床在丘陵地带；水面上沉稳如山，底下有滩为难水手。且看水流安详，可是方向东海；谁也不会相信就这样阴静阴静地回归海洋，仿佛黎明前的黑暗，战斗前的沉默，人生拼搏中间的休闲……

　　河滩开阔，沙石掺和，遍布河滩的，却要数枫杨树了。枫杨树不但成林，走进密密林子，都会因深因广担心不容易走出来了。枫杨树也许有点像枫有点像杨，但看来更像胡桃：青绿的树皮，含水的树干，挺直的身材，椭圆的叶片……

　　若胡桃树林，是果木林中庄严和温柔兼得的林子。树干壮大，直上天空，可以高达二三十米。地上间隔疏朗，半空枝叶密接。干粗不僵,条直不黑,椭圆的叶片是东方的眉眼,坚硬的果实可以想象是植物的舍利子……

庄严与温柔的融融,难得的意象。

胡桃果实是美味,是油料,可入药,可列长寿食品。在婚礼上,在孩子做几周几周的时候,在日用装饰中,工艺摆设方面,都扬扬着喜兴。这是难得的物质与精神的两得了。

现在还是想象。

现在的枫杨滩林,还是野生状态。有的扎堆又不能灌木般丛生。有的歪斜也不像乔木的派头。没有胡桃,还没有试验着嫁接。若是胡桃科,当能接成胡桃树。若有这么一片胡桃林……且慢,先不说胡桃,就是整理成像个乔木林子,也会是壮观的溪滩。

这天秋高云白,风和日暖。女老师带着男女中学生来到溪边。三五分组,各自占地选点。刨沙成坑,垒石为灶。到枫杨树林里拾枯干叶,到溪里翻桶汲取清清山水……好一片"过家家"游戏,度假景象。

女老师带着儿女自是一家,"公私兼顾"的休闲。各组或男或女一律自然分开,没有混合。女生们的锅里刺啦刺啦响了,蒸汽朝南朝北地透着了,邻近的男生那里,只见青烟没有火苗。女生竟不做声。老师远远叫道:灶洞灌风! 男生慌忙扒开石头,把洞口改向背面。

男生和女生提包里的东西都差不多,都是家长的准备,都精致;塑料包装的香肠腊肉,软包装的调料,瓶装的酱菜,都是龙须米粉……大约多半是独生子女,野餐不野。

到了开吃时候,也斯文。竟不见哪一个灶前,发生"乡吃"中的势头:筷子似风如雨,把一脸盆炒米粉,刹那间,打扫干净。

天蓝蓝，水清清，沙石温暖坦荡，滩林温和沉静。"山中何所有，岭上多白云。"是不是偏向老年的"怡悦"，"不可持赠"少男少女，是不是着点刺激，争些闹热？老师，老师，"过家家"为什么男女分组，是不是这正是"相得益彰"的机会。好天时，好地利，是不是差就差点儿人和了。

忽然，一阵噼里啪啦不知来自何方？啊，那里有青烟，青烟起处连续爆炸纸碎灰飞。那是鞭炮，鞭炮挂在船桅上，船只从上边缓缓下来，一只跟一只相隔二三十米缓缓下来，一共七八只成一个船队缓缓下来。各只船头先后放起了鞭炮，这是开船出海的敬神祭告天地保佑。

天圆地方，六合混沌，妈祖显灵，三保圣明，鞭炮就有撕裂的力度，产生既敬且畏又依恋的情绪。放鞭炮是民族传统，源远流长，能在不同的时空，激起不一的感情。

这做队的船大小相等样式大同，又都是八九成新的渔船，是机帆船。长挑身材，叫人想起古老的人力的舴艋船儿舴艋艇儿，在水上如同草地上的生猛，现在舴猛胖起来了，胖又叫发福，一个个光兴兴新郎官一样放着炮仗走过来，体面好看。

鞭炮刚完，船才走出二三百米，头船就停止不前。后边船上跳下船工，原来水浅齐腰，全不顾凉不凉，蹚到头船后尾推船，也有蹚到船头，好像收拾纤绳拉纤，看不大清楚了。不料这里是个暗滩，头船过去了，二船三船都照样大家帮着过。

本来说声起锚下海，一放鞭炮，豪情仿佛一鼓作气，一去千里。怎么立刻困顿，不吉利吧？可不可以过了滩再放炮，不，离海尚远，困难尚多，出发的豪情不可少，传统不可缺，天地不可瞒，肉长的人心不可不任其自然。

河流的秘密

◎苏童

对于居住在河边的人们来说,河流是一个秘密。

河床每天感受着河水的重量,可它是被水覆盖的,河床一直蒙受着水的恩惠,它怎么能泄露河流的秘密? 河里的鱼知道河水的质量,鱼的体质依赖于河流的水质,可是你知道鱼儿是多么忍辱负重的生灵,更何况鱼类生性沉默寡言,而且孤僻,它情愿吐出无用的水泡,却一直拒绝与河边的人们交谈。

河流的秘密始终是一个秘密。"亲爱的,我永远也不会对你讲/河水为什么这么缓慢地流淌。"这是西班牙诗人加西亚·洛尔加的诗句。这是一个热爱河流的诗人卖关子的说法,其实谁又能知道河水流得如此缓慢,是出于疲惫还是出于焦虑,是顺从的姿态还是反抗的预兆,是因为河水昏昏欲睡还是因为河水运筹帷幄?

岸是河流的桎梏。岸对河流的霸权使它不屑于了解或洞悉河流的内心,岸对农田、运输码头、餐厅、房地产业、散步者表示了亲近和友好,对河流却铁面无情。很明显这是河与岸的核心关系。岸以为它是河流的管辖者和统治者,但河流并不这么想。居住在河边的人们都发现河流的内心是很复杂的,即使是清澈如镜的水,也有一个深不可测的大脑器官,河流的力量难以估计,它在夏季与秋季会适时地爆发一场革命,淹没傲慢的不可一世的河岸。这时候河与岸的关系发生了倒置,由于这种倒置关系,一切都乱套了,居住在河边的人们人心惶惶,他们使用一切可能使用的建筑材料来抵挡河水的登门造访,不怪他们慌张失态,他们习惯了做水的客人,从来没有欢迎河水来登堂做客的准备。河边的居民们在夏季带着仓皇之色谈论着水患,说洪水在一夜大雨之后夺门而入,哪些人家的家具已经浮在水中了,哪些街道上的汽车像船一样在水中抛锚了。他们埋怨洪水破坏了他们的生活,他们没有意识到与水共眠或许该是他们正常生活的一部分。河水与人的关系被人确立,河水并没有发表意见,许多人便产生了种种误会,其实本着公平交易的原则,河流的行为是可以解释的,试想想,你如果经常去一个地方寻找欢乐,那么这地方的主人必将回访,回访是一种礼仪,水的性格和清贫决定了它所携带的礼物:水,仍然是水。

河流在洪水季节中获得了尊严,它每隔几年用漫溢流淌的姿势告诉人们,河流是不可轻侮的。然后洪水季节过去了。河边的居民们发现深秋的河流水位很高,雨水的大量注入使河水显示出新鲜和清澈的外貌。秋天的河流与岸边的树木做反向运动,树木在秋风中枯黄了,落叶了,而河流显得容光焕发,朝气蓬勃。如果你站在某座横跨河流的大桥上俯瞰秋天的流水,你会注意到水流的速度,水流的热情足以让你感到震撼,那是野马的奔腾,是走出囚室的思想者在旷野中的一次长篇演讲,那是河流对这个世界的一年一度的倾诉。它告诉河岸,水是自由的不可束缚的,你不可拦截不可筑坝,你必须让它奔腾而下;河流告诉岸上的人群,你们之中,没有人的信仰比水更坚定,没有人比水更幸运。河流的信仰是海洋,多么纯朴的信仰啊,海洋是可靠的,它广阔而深邃的怀抱是安全的,海洋接纳河流,不索香火金钱,不打造十字架,不许诺天堂,它说,你来吧。于是河流就去了。河流奔向大海的时候一路高唱水的国歌,是三个字的国歌,听上去响亮而虔诚:去海洋,去海洋!

谁能有柔软之极雄壮之极的文笔为河流谱写四季歌?我不能,你恐怕也不能。我一直喜欢阅读所有关于河流的诗文篇章,所有热爱河流关注河流的心灵都是湿润的,有时候那样的心灵像一盏渔灯,它无法照亮岸边黑暗的天空,但是那团光与水为友,让人敬重。谁能有锋利如篙的文笔直指河流的内心深处?我没有,恐怕你也没有。我说过河流的秘密不与人言说,赞美河流如何能消解河流与我们日益加剧的敌意和隔阂?一个热爱河流的人常常说他羡慕一条鱼,鱼属于河流,因此它能够来到河水深处,探访河流的心灵。可是谁能想到如今的鱼与河流的亲情日益淡薄,新闻媒体纷纷报道说河流中鱼类在急剧减少,所有水与鱼的事件都归结为污染,可污染两个字怎么能说出河流深处发生的革命,谁知道是鱼类背叛了河流,还是河流把鱼类逐出了家门?

现在我突然想起了童年时代居所的后窗。后窗面向河流——请允许我用河流这么庄重的词汇来命名南方多见的一条瘦小的河,这样的河往往处于城市外围或者边缘,有一个被地方志规定的名字却不为人熟悉,人们对于它的描述因袭了粗放的不拘小节的传统:河。河边。河对岸。这样的河流终日梦想着与长江黄河的相见,却因为路途遥远交通不便而抱恨终生,因此它看上去不仅瘦小而且忧郁。这样的河流经年累月地被治理,负担着过多的衔接城乡水运、水利疏导这样的指令性任务,河岸上堆积了人们快速生产发展的房屋、工厂、码头、垃圾站,这一切使河流有一种牢骚满腹自暴自弃的表情,当然这绝不是一种美好的表情——让我难忘的就是这种奇特的河水的表情，从记事起，我从后窗看见的就是一条压抑的河流，一条被玷污了的河流，一条患了思乡病的河流。一个孩子判断一条河是否快乐并不难，他听它的声音，看它的流水，但是我从未听见河水奔流的波涛声，河水大多时候是静默的，只有在装运货物的驳船停泊在岸边时，它才发出轻微的类似呓语的喃喃之声，即使是孩子，也能轻易地判断那不是快乐的声音，那不是一条河在欢迎一条船，恰好相反，在孩子的猜测中，河水在说，快点走开，快点走开！在孩子的目光中，河水的流动比他对学习的态度更加懒惰更加消极，它怀有敌意，它在拒绝作为一条河的责任和道义，看一眼春天肮脏的河面你就知道了，河水对乱七八糟的漂浮物持有一种多么顽劣的坏孩子的态度：油污、蔬菜、塑料、死猫、避孕套，你们愿意在哪儿就在哪儿，我不管！孩子发现每天清晨石埠前都有漂浮的垃圾，河水没有把旧的垃圾送到下游去，却把新的垃圾推向河边的居民，河水在说，是你们的东西，还给你们，我不管！在我的记忆中河流的秘密曾经是背德的秘密。我记得在夏季河水相对清净的季节里，我曾经和所有河边居民一样在河里洗澡、游泳，至今我还记得第一次在水底下睁开眼睛的情景，我看见了河水的内部，看见的是一片模糊的天空一样的大水，就像天空一样，与你仰望天空不同的是，水会冲击你的眼睛，让你的眼睛有一种刺痛的感觉。这是河流的立场之一，它偏爱鱼类的眼睛，却憎恨人的眼睛——人们喜欢说眼睛是心灵的窗户，河流憎恨的也许恰好是这扇窗户。

我很抱歉描述了这么一条河流来探索河流的心灵。事实上河流的心灵永远比你所描述的丰富得多，深沉得多，就像我母亲所描述的同一条河流，也就是我们家后窗能看见的河流。

那是一个多么神奇的故事：有一年冬天河水结了冰，我母亲急于赶到河对岸的工厂去，她赶时间，就冒失地把冰河当了渡桥，我母亲说她在冰上走了没几步就后悔了，冰层很脆很薄，她听见脚下发出的危险的碎冰声，她畏缩了，可是退回去更危险，于是我母亲一边祈求着河水一边向河对岸走，你猜怎么着，她顺利地过了河！对于我来说这是天方夜谭的故事，我不相信这个故事，我问母亲她当时是怎么祈求河水的，她笑着说，能怎么祈求？我求河水，让我过去，让我过去，河水就让我过去了！

如果你在冬天来到南方，见到过南方冬天的河流，你会相信我母亲的故事吗？你也会像我一样，对此心怀疑窦。但是关于河流的故事也许偏偏与人的自以为是在较量，这个故事完全有可能是真实的，请想一想，对于同一条河流，我母亲做了多么神奇多么瑰丽的描述！

河水的心灵漂浮在水中，无论你编织出什么样的网，也无法打捞河水的心灵，这是关于河水最大的秘密。多少年来我一直难以忘记我老家一带流传的关于水鬼的故事，我一直相信那些湿漉漉的浑身发亮的水鬼掌握了河水的秘密，原因简单极了，那些溺死的不幸者最终与河水交换了灵魂，他们看见了河水的心灵，这就是水鬼们可以自由出入于水中不会再次被溺的原因，他们拿到了一把钥匙，这把钥匙能够打开河流的秘密之门。

可是在传说之外我们从来没有与水鬼们邂逅相遇过，不管是在深夜的河岸边，还是在沿河航行的船上。水鬼如果是人类的使者，那他们一定背叛了人类，忠实于水了，他们不再上岸是为了保持河流的秘密。水鬼已经被水同化，如今他们一定潜伏在河流深处，高昂着绿色的不屈的头颅，为他们的祖国发出了最后的呐喊：岸上的人们啊，你们去征服月球，去征服太空吧，但是请记住，水是不可征服的！

运河舟楫

◎阮毅成

　　我生于江北,长于江南。少年游屐,未尝逾越江浙,来往都必经运河。

　　我原籍是浙江省余姚县临川卫人,却在江苏省兴化县出生。盖先祖父在洪杨乱后,于清朝十年正月,接任江苏省阜宁县知县,时年三十七岁。他于十二年春解任,在任仅两年余。次年,他将在阜宁知县任内所撰文告,编为求牧刍言八卷,用木板刻印。又,阜宁自设县以来,迄未有县志,先祖父在知县任内,为之编纂第一部县志。先祖父的另一著作,则为他的诗集,名谁园诗钞,共四卷。刻于光绪三年,其时甫三十岁。至光绪十九年,又续刻两卷。在其自撰的后序中谓:"旧游兴化,乐其风土,遂徙家焉。"先祖父徙家兴化之后,初赁居于俞三房。旋自建住宅,即命名曰谁园,于光绪二十四年完工。所以谁园的落成,远在谁园诗钞刊行之后。先祖母自撰年谱,曾谓:"兴化新居落成,以谁园名。盖鸠工庀材者,前后共四年,督工余亦与焉。"谁园的地址在兴化的西门内,后临市河。东为响水桥,西为淌水桥,皆木制。先祖母尝对我谓先祖父不善生计,建屋又不知预算。因当地不产石板,远从扬州运来。迨新屋落成,已负债累累。

　　我于光绪三十一年生,是为在谁园出生的第一人。先祖父时已在病中，不能起床。先祖母尝谓其闻知抱孙，为之狂喜，曾屡屡抱于床上，以逗我笑。我甫周岁，先祖父即逝世，享寿只五十九。我既为长孙，又当先祖母哀痛之际，故自幼即随侍先祖母。直至十一岁，始由父亲接至杭州，入高等小学求学。

兴化是位居江苏北部里下河的小县，四面环水，确实是鱼米之乡。洪杨之乱，兵革未至，所以一向有"自古昭阳好避兵"之说。兴化城郭不大，而人烟稠密，并有拱极台、观音阁、文峰塔、圆通庵、桃李园等名胜，都是儿时常到的地方。兴化于每年五月出会，有观音会、城隍会、虮蜡会。四乡人士集于城内，显得异常热闹。出会的目的，在求风调雨顺，五谷丰登，这是农业社会的唯一祈求。我每次看会，都坐在元太和茶叶店的门口，因其地当通衢，最看得清楚。而这一家茶叶店，原系母亲的长兄刘大舅湘圃所开设；因为折了本，便由我家加股再开。于是年年折本，年年再开，后来不曾发达过。先祖母认为赔得太多，乃于民国八九年间，出售于一洪姓的安徽茶商，但招牌未曾更换，由新店主按季付我家招牌租十六元。至于已投资的股本，则收回甚少，全折光了。

因为父亲及叔父姑母等先后移住到南京、杭州，常常迎养祖母至江南小住。故我在幼年，即常有随侍旅行的机会。及年事稍长，又曾回兴化几次。故对于这一路上的风光，倍感亲切。我记得费时最长的一次，是随先祖母坐"南湾子"四进舱大船，自兴化出发，到邵伯过坝，经扬州瓜州，过长江，而后在大运河中行驶，共行三十三天，方到杭州。后来则到镇江后，改乘火车，速度就快多了。

在大运河中航行，顺风扬帆，逆风背纤，却也别有风味。

先祖母出门,必择春暖花香时节,但在前一年秋季,就开始准备。诸凡送人礼品,途中衣物,都必一一亲自检点。临行之前,还要祭告祖宗,祭扫先茔,并到至亲好友家辞行。而后集合家人,一一嘱咐,至秋收登场,必定回来。至旅途中必带的,有先祖父的诗集,木刻大本三国志,及我应读的课本,免得因出门而荒废学业。旅途中没有老师,先祖母就是老师。除教我普通的课业外,便讲解三国志,或是背诵先祖父的诗给我听。尤其每过扬州的时候,一定要诵谁园诗钞中"扬州明月瓜州雨,一路潮声到石头。"的诗句。

四进舱的南湾子大船,不能进入兴化城内。所以每次下江南,都要先从我家的后门口乘小船,出南水关,再换登大船。送行亲友,至此回城。于是鸣炮,鸣锣,吉时开航。过五里亭,八里铺,十里厅,直到老阁。所谓五里、八里、十里,均系指距兴化城的距离。自老阁一直到杨家庄,村村都有风车。车身很大,装有六个布制的叶子,随时用绳索抽动,使之高低。凭风力车水,灌溉农田。过杨家庄以后,则只有用牛车或用人足踏的水车了。

自杨家庄以后,过秋树阁、永安、真武庙等地,而抵孔家涵。此为上下河束水的地方,水流甚急,船家须屏声息气,全力苦撑。万一撞于两旁石壁,船身必将粉碎。于是到了仙女庙,此为里下河与大运河交接处。因其上控运河之中心,下为内河航路之起点,故帆樯如织,舟旅如云。再自仙女庙前驶,便到了扬州。如不走仙女庙,则由兴化开船,先到樊川,到邵伯过坝。邵伯也因航运中心关系,市面颇为繁荣。在运河岸旁有一与真牛一般大的铁牛一座,用以镇水。牛旁有关帝庙,关帝并非红面,而系金面。从邵伯再乘原船,或换乘江划,过壁虎桥,湾头,就到了扬州的钞关。

　　在里下河行船,常常要过桥。因若干市镇,都跨有河的两岸,中以木桥相连。并且一镇不只一桥,行人来往方才便利。桥身系与街道相平,因而南湾子的高船篷与大桅杆,无法在桥下过去。但当地人民,早已想到这一点,把所有的桥都做成活的。只要有船来到,便临时有人在两旁将桥身抽开,使得大船驶过。惟抽桥须有人等候,桥上的人也要先走完。如果遇到顺风顺水,必须扬帆直过。任何船只皆不能到了桥旁才停下来,等候抽桥。所以当见有木桥在前的时候,船家就必须先行鸣锣,使得桥上的人与抽桥的人,有所准备。等到船至桥下,桥板已经抽去,一篙点水,船就已过了桥。因河中来往的船不少,于是常常要抽桥。而三里五里就有市集,也就有桥。加以没有市集的地方,为便利乡民来往,也驾有木桥。所以一路要抽桥,也就一路锣声不绝。船家对于抽桥的人,例须致送若干酬劳,系事先用红纸包好,而由桥头上的人,用长竿系一布袋下垂,船家将纸包放入袋中,便算两讫。大概沿途有一定规矩,从未见有争多论少者。过了邵伯或仙女庙,入了大运河,尤其到了江南,桥多为石制,都有高孔,足容帆船通过。如果桅杆太高,便临时下桅,再看不见抽桥的了!

　　里下河及大运河两岸,不但多村庄市集,并且多庙宇。大庙又必有旗杆一对,直立门前。此不但为了庙门壮观,且为航船的人一种指标,表明市镇就快要到了。而每一县城又必有宝塔,高过城墙,可以眺远,也给航船的人,指示县城的方向与距离。我少时坐在船上,就常常在船头等候旗杆或宝塔的出现。因为每到了一个市镇或是县城,就要停船,船家要上岸购买食物用品,我也就可以跟着上去浏览一番。

运河舟楫

先祖母下江南，是一种消闲式的旅行，所以从不计较行程。船家是包送到杭州为止，也不限定要赶路。因以每天走多少里，都无所谓。每次自兴化开船以后，就爱走就走，爱停就停。遇到河旁有新鲜的鱼虾蔬菜出售，就停船现买现煮现吃。风大不走，雨大不走。天明开行，黄昏靠岸。走过有什么名胜古迹之处，或是先祖母昔年曾到之处，更必停船不走，或则凭吊，或则重访，待尽兴始再行下船。所谓"潮平两岸阔，风正一帆悬"，那种旷达的胸襟，幽闲的趣味，是我以后所不易再得的了。

　　大运河入江南后，经苏州、嘉兴而到杭州。船到塘栖，杭州就已在望。塘栖以产枇杷闻名，我们自仲春由兴化动身，到塘栖时，枇杷刚刚上市。再前行便到了拱宸桥，虽则大运河进入杭州城，一直到菜市桥上面的断河头为止；但南湾子无法入城，只得与之告别。这时候来迎的亲友早已集于河岸，并备就了肩舆，将先祖母和我抬进城去。而先祖母上岸之前，必须清点行李，酬谢船家，再鸣炮谢神，整肃衣履。我虽年幼，也必要换上长褂，戴上礼帽，方可拾舟登陆。

古运河畅想曲

◎巴桐

　　伫立于姑苏寒山寺侧畔的枫桥上,古运河迂缓地从眼底流过。

　　时序正值初冬,烟波雾树,撩人幽思,正是这样雪意漫然的节令,一叶乌篷扁舟,载着唐朝诗人张继从古运河驶入枫桥镇,也许就系缆我身边的石驳,霜天,冷月,拎须吟哦,那咽吞的水声,回响着千古的绝唱:"月落乌啼霜满天,江枫渔火对愁眠;姑苏城外寒山寺,夜半钟声到客船。"

　　遥想当年,吴王夫差对越国和楚国军事得手后,气吞万里如虎,图北进中原一试吴钩的锋刃,他调集军民,在长江、淮河之间开凿了长一百八十多公里的邗沟,用来运兵输粮,这就是运河的前身。迨至隋朝,隋炀帝杨广更不惜耗尽国库开凿运河,据说是这个皇帝老儿为着要到扬州去看琼花,而终招致亡国之恨。不过唐朝诗人皮日休则吟诵道:"尽道隋亡为此河,至今千里赖通波。若无水殿龙舟事,共禹论功不较多。"

　　确实的,千年运河与万里长城同属中国古老的伟大工程,是中国古代文明的象征,华夏民族的骄傲。它北起北京南迄杭州,全长一千七百九十四公里,向为南北漕运要道,对促进南北经济和文化交流起过巨大的作用。然而,到了十九世纪清朝中叶,由于黄河迁徙,山东境内河段水源不足,河道淤浅,南北断航,这条中国古老的动脉血管萎缩了。

这次漫游江苏,令人欣喜地看到运河正在恢复青春,沿途处处可见施工的场面,挖泥船、驳船"突突"奔忙,石驳岸节节延伸,古运河不仅将重振南北水上运输大动脉的雄风,而且将辟为一条"黄金旅游线"。

逶迤流经江苏的古运河,宛如一根银线把长江、太湖风景区,以及历史文化胜迹,缀连成一串闪光的珠链。泛舟这段古运河中,既可观赏江南水乡风光和人民生活情趣,又可真切地看到中华民族灿烂的文化,真是其乐无穷!

游览古运河,必须水陆兼顾,时而登岸,时而泛舟,江苏名城沿岸而列,人文荟萃,目不暇接。从扬州发船,先作陆上浏览。这里有唐代鉴真和尚东渡扶桑的史迹,宋代文学家欧阳修吟诗宴客的平山堂,"扬州八怪"的诗画……船出扬州三湾、瓜洲古渡,面前豁然开朗,运河与长江在此交汇,顿觉海阔天空,长江汪洋恣肆。对岸的金山、焦山、北固山鼎足而立,气势恢宏。三国时吴王孙权曾在这里筑铁瓮城,作为江防军事要地。而《白蛇传》里"水漫金山"的故事,又给这里增添了神秘迷人的色彩。

江南运河是从镇江经太湖流域到达杭州的。从丹阳到常州是其中最狭最浅的一段,却别有一番风光。沿途山陵起伏,河岸高耸,那慢条斯理的水牛,包头巾的苏南农妇,鳞次栉比的清水墙平房……呈现出一派朴实恬静的田园诗韵致。到了丹阳境内的陵口,有齐、梁陵墓,散列着为数众多、极具艺术价值的六朝石雕。

我曾坐在常州运河边上的舣舟亭,凝视滔滔的江水,这里曾是乾隆皇帝下江南时河船系舟之处;这个风流皇帝,每到一处总爱御笔题铭,勒石纪胜。园内亦有一块御碑。但有的字迹已残缺模糊,无法卒读了。当年的系舟处,却见驳船牵引着长长的船队,宛如游龙,沿江而下。

船过常州,从西北方向逶迤进入无锡。首先映入眼帘的是河心小洲黄埠墩,别名小金山,广不及半亩,却树木葱翠,楼台翼然。据说,民族英雄文天祥被俘后押解大都途中,曾在墩上留宿,并写下正气凛然的《过无锡》诗篇。历史悲壮的一幕,如古运河的湍流澎湃于胸臆!

过了无锡,船就缓缓驶入姑苏。运河在城外的铁铃关拐了个弯,枫桥镇便闯入视野,当年张继是从这条水路而来的么?追求诗人的足迹,游船穿行在水乡风情的画廊里。眼前掠过河旁残存的纤道,古代饯别的"十里长亭",勾起缠绵的思古幽情。

"欸乃,欸乃"的桨声,把人们从遐思中拉回现实,"船上人家"的船只不时交臂而过。那壮实的船老大有韵律地摇着橹,一样壮实的船家嫂怡然地摆着舵。你还可以瞥见,三四岁孩子被绳子系着在船板上玩耍。船上养有鸡鸭猫狗,船篷上摆着一排排花盆,在料峭的江风里,依然开得姹紫嫣红,而船头几盆瓦罐里栽的葱,也长得青乎乎的,不由得叫人赞上一句:这些船上人家真懂得生活情趣。

进入苏州,那"人家尽枕河"的情景更令人神往。沿河户户前门临水,后门濒河。透过花墙,时时可瞥见院中主妇或在梳头,或在晾衣,或在做饭。老人临窗逗着小孙孙,姑娘们赤脚伸在河里搓洗着花花绿绿的衣服。这般境界真是如诗如画,姑苏人的生活多么温馨啊!

古运河环抱着苏州城。这座建筑于春秋时期的历史文化名城,经历了千百年的沧桑,地理位置未曾移动、基址和格局未变,更令人啧啧称奇的是,与刻于宋代的"平江图"对照,不仅城内所有建筑地理位置分毫不差,而且全城周长同样是四十七公里,这在世界上是罕见的!而苏州之所以能如此完整地保存基址格局整二千五百年不变,应当说是拜古运河所赐,古运河是她的护城河,千百年来呵护着这座文化名城。

在苏州,处处都有吸引人们寻踪探古的胜迹:埋葬吴王阖闾间的虎丘,越王勾践的剑池,纪念兵家孙子的孙武亭,干将莫邪铸剑的干将坊,明代风流才子唐伯虎的墓园,还有众多的名园,无不闪烁着中华民族悠久的历史文化之光。

屋溪河以北

◎盛慧

灶镬间

从很小的时候,我就知道每一个房间都有自己的气味。堂前的气味,是散白酒、旧雨鞋、铁皮罐混合的气味。储藏间的气味是粮食的气味(稻子的气味是干燥的、尖锐的;麦子的气味则是微凉的、光滑的),还有铁器的气味和农药的气味。卧室的气味,是旧棉絮的气味、樟脑丸的气味和布料的气味、糨糊的气味。灶镬间的气味则主要有米粒的气味、柴灰的气味和水盐菜的气味。

灶镬间的中心肯定是砖砌的灶台(如果时间再往前推移,则是土坯垒成的灶台,那个时候,连房子都是土坯房,更别说是灶台了。我小时候见过土坯的灶台,样子有些滑稽,像是蹲在地上的孕妇)。灶台上一般有两口锅,一口叫里锅,一口叫外锅。里锅主要是炒菜,外锅则是做饭。如果圈里养了猪,那么里锅就煮猪食,炒菜和做饭都用外锅。锅是又大又深的黑铁锅。锅盖是杉木的,两面都涂了桐油,缝隙里卡着石灰。锅盖上放着锅铲,那时候,不锈钢的锅铲还很少,主要是铝锅铲和铜锅铲。

灶台的外沿是弧形的,砖头上面抹的石灰长时间地被油烟熏过以后,呈现出灰黄色。到后来,讲究一些的人家,便在上面粘上白色的瓷砖。灶台下方,有一个方形的洞孔,平时似乎没有什么作用,到了落雪天,则可以把弄湿的絮鞋,放在里面烤,烤一晚上,到了第二天早上,絮鞋就干透了。

里侧,两个锅中间,有一个井罐,是那种深长的铁锅,底部是尖锥形,井罐上面放着大铜勺和小铜勺。大铜勺主要打锅里的水,小铜勺则是打井罐里的水。井罐里的水是靠柴火的余热来加温的。吃过饭之后,我们就从里面打水洗脸,但我不喜欢里面的那股味道,有点像米汤的味道。

我记得小时候,大人们总喜欢跟小孩子开玩笑。大人说,长大了,你养不养我?我说,当然要养的。大人又说,是不是养在井罐里?我说,是的。其实,那个时候,我还不知道井罐是什么东西。井罐的上方,有一块砖挑了出来,形状像一枚月牙,那是挂蒸架的地方。由于时间久远,青竹的蒸架,早已变成黑乎乎的,摸上去,总是黏糊糊的。灶台上方,有一个挖空的地方,那是摆灶神用的,年底的时候,会在上面贴一张木版印的红纸灶神像。

有人说,要看一户人家是不是干净,最简便的办法,是看他家的厨房,要看一户人家的厨房干不干净,最简便的办法,则是看他家的抹布干不干净。如果是干净人家,女人会把抹布拿到河埠头,抹上肥皂,然后用棒槌不停地捶打。洗干净以后,就放在锅盖架上,让饭锅的余温将其晾干,晾干后的抹布像苏打脆饼。如果是脏的人家,抹布黑乎乎的,摸上去湿答答的,像是一只死老鼠,洗碗用抹布,洗锅一般就用丝瓜筋了。

烧饭也并不是简单的事。新稻草和新米烧出来的饭,色泽是洁白的，有一种清香，甜丝丝，还是阳光和露水的味道。陈年稻草和陈米烧出来的饭，首先色泽是黄色的，时间如果放得更长，就是灰扑扑的了。味道也不太好，似乎有雨水和发霉的味道。饭烧到一定程度，蒸汽会把锅盖抬起来，这个时候，灶膛里的火就要停一停，这个时候，锅盖绝对不能打开，打开的话，蒸汽和香味都会跑掉。饭在蒸汽里焖上一会儿，才会熟透。时间大概三到五分钟。饭焖的时间到了以后，下一步是报饭锅，一般在灶膛里塞一个到两个草结，草结烧完之后，可以听到锅里传来哔啵哔啵的声音，仿佛是烧焦的米粒在喊疼。这个时候，就不能再往灶膛里塞草结了。但也不要马上去揭锅盖，要等到空气里弥漫起米粒悠长的香味，才算真正的大功告成。如果家里有老人的话，饭是很难煮的，如果水放多了，就煮软了，吃的时候黏着牙齿，干活的力气都没有。如果水放少了，煮得太硬，老人就会说，煮得像石子一样，吃进去，要噎死人的。所以，很多时候，婆媳之间的矛盾，其实是从米饭开始的。饭煮过以后，锅沿上会留下一层白色的薄皮，这是由夹杂着米浆的水汽形成的，小的时候，大人们不允许我们吃，他们说小孩子吃了以后，脸皮会变厚。我小的时候，特别喜欢吃那玩意儿，现在脸皮也没有厚起来，非但不厚，还非常的薄。到冬天的时候，干燥的风把嘴唇吹裂了，嘴角长起了疮，每天晚餐的时候，母亲总是把我抓到灶间，掀开锅盖的那一刹那，将挂在锅盖上的水蒸汽刮下来，敷在我的嘴角，不知道为什么，嘴疮竟然渐渐地好起来了。

灶台的前面，一般放着竹碗橱，上面用细竹枝编得密密麻麻，连蚂蚁也爬不进去。下面，则是粗竹子编成的，间隙很大，就像是围成的一个院坝一样。中间放着菜刀，立起的刀砧板，猪油则放在一只绿色的瓦罐里。碗橱下面是水缸。水是从河里挑上来的,有时候还会有一两条小鱼。水里要放明矾。小时候,我们就直接喝水缸里的水。水瓢是切开的葫芦。从很小的时候,我就听大人说,死去的亲人是养在水缸里的月亮。所以,有一次,我晚上起来喝水的时候,看到水缸里的月亮,吓得话都说不出来了。

水缸旁边的几只瓮头里,放着水盐菜或者萝卜干。水盐菜的原料是青菜,满菜园的青菜收割以后,洗干净,放在菜园的篱笆上晾干,然后切成小块,放在竹匾里晒干。过了几天,就把这些菜放到瓮头里,铺一层菜,撒一层盐。然后,将其压紧,上面垫一些薄膜纸,再放上稻草编织的粗绳,这草绳编得有点像清朝人的辫子。将瓮倒置,搁在一个陶瓷的钵里,钵里的水需要经常换。萝卜干的做法跟水盐菜差不多,只是作料多一些,要放一些八角、茴香、辣椒等。而且,装到瓮头之前,要用脚踩,我听说踩萝卜干的时候,最好不要洗脚,自从听到这句话之后,我就再也没吃过萝卜干。不管是水盐菜还是萝卜干,如果放在油里面炸一下,用来下白粥,味道非常的鲜美,用故乡的话说,鲜得连眼眉毛都要掉下来了。

灶台的后面,则是另一种景象。首先光线更加昏暗,坐下来,浑身就沾满了柴灰的气味。在我们家,火钳总是立在右手边的墙壁上,顺手就可以摸到。一坐到里边,手就会不停地打起草结。我对打草结有一种与生俱来的喜好,每年春节前打草结的任务,都是由我来完成的。烧饭用的燃料一般是稻草、麦秆、菜子萁,只有到年底蒸团子的时候,才会用芦苇和干树枝。灶膛里侧有一个洞,里面放着一盒绿头的火柴。小时候,我最喜欢坐在灶膛口玩。那些火柴也成了我的道具,它们是和尚。我还会给它们穿袈裟,袈裟则是香烟壳里的锡箔纸。冬天的时候,我最喜欢烧火,火苗晃在脸上,把脸烤得通红通红的。有时候,还可以在灶膛里面烤山薯和硬蚕豆。即使火熄灭了,眨巴的火星仍然散发出热度。

十二月

和所有的江南小镇一样,我的故乡也是一个时间的迷宫。时间在这里交错了,重叠了,模糊了,仿佛一张房契上不同人的指模。一个早晨和几百年前的早晨,看上去并没有区别。现在开门的吱呀声和几百年前的开门声,好像也没有区别。日头还是原来的日头。门也许还是原来的门。

河道从小镇的南边轻轻擦过,仿佛故意不发出声音似的,倒映着天光和房舍。街道交错,像一片发黑的桑叶。叶脉般的巷弄,曲曲折折地进入了幽暗的深处。如果从高处往下看,你会看到鳞次栉比的屋脊,如同一件件打满了补丁的破衣裳,晾晒在日头底下。明瓦上发着刺眼的光亮。

小镇最热闹的是南街和北街。南街有中药房、豆腐店和剃头店,北街有铁匠铺、竹器店和花圈店。店铺像一个个火柴盒一样挤在狭窄的街道两边。在南街和北街交会点上的是轮船码头,沿着镇上最大的河埠走下去,有一排光滑的铁环,是用来拴船的。从浅滩上,可以看到那些店铺垒起的墙基上,留下了一道又一道水线。我记得小时候,我曾经在上面刻下了一个女孩子的名字。

早晨,天麻麻亮的时候,就开始热闹起来。空气里充满了烧饼、油条、豆腐花的清香。整个南街,吆喝声此起彼伏,奶油糖般的吴侬软语，与雾气一起弥漫开来。一些积水的地方，夜里结起了薄冰，踩上去，发出吱嘎的碎裂声，声音在巷弄里，悠然自得地回荡起来。到了雾气散得差不多的时候，人也散得差不多了。这个时候的小镇，就像一杯冷开水了。炊烟开始有气无力地升起来了。

眼睛一眨，中午就到了。阳光温煦。这是十二月里难得的一个好日子。阳光灿烂，像渔网一样撒落下来。这时候的小镇，就像一瓶发了霉的甜酒。棉花房里发出弹棉花的声音。起风时，从中药房里飘出了黄连、甘草和桔梗混合的味道。茶水店里的烧开的水在咝咝地响。没有人来泡水。细微的风在门口回旋着。老人们将大头棉鞋搁在铜炉上，铜炉里装着刚刚烧过的热草灰，明灭的火星发出眨巴眨巴的声音。

下午三点，天突然阴沉沉的，摆出要下雪的架势。店铺都早早地打烊了，因为，这冬天的雪一下起来，街上根本不会有什么人了。从城里来的破铁桶般的公共汽车已经到了。只有从打鱼寨来的最后一班轮船还没有到。黄昏的时候，街道灰暗，像被洗劫以后那样空空荡荡，风有些刺骨，刀子般锋利。瓦片和店铺的木板门在风的吹动中，发出低低的声音，接近于呜咽。长褂般的落地窗，罗列在灰暗的光线里，总让人觉得那是死者的背影。不知过了多久，汽笛响了。最后一班轮船靠岸了。祖母抠了一篮子马兰从地里回来。路上到处都是没头没脑的风。天已经彻底黑了，像埋在野麦地里的荸荠。风叩门环。屋子里，开始弥漫起米粒的清香和水盐菜腐朽的气息。风很大，咣当咣当地吹着土灰色的门，每一次吹动，都会带进一缕光亮，也会将长台上豆花般微弱的灯光吹来吹去。你以为它已经熄灭了的时候，屋子里又突然亮了起来。可是当你以为它不会再熄灭的时候，它却冒出了一缕青烟，熄灭了。祖母将美孚灯重新点燃，又从被絮下面，拿出糙纸，开始擦拭玻璃灯罩。天开始下起了雪。

风像一件往事

　　和大平原上所有的村庄一样，我们的村庄，也是一本没有打开的绿封面的书。木叶上栖息着风、鸟儿和往事。低低的房舍，像一枚枚苦涩的楝树果，布满时间的痕迹。青草围绕的池塘，在村落中间，像一面镜子，发出祥和、恬美的光芒。宽阔的黄泥大道，像一阵风吹进村庄，而后散开，吹向草垛、打谷场、菜园、堂前、埠头、后院，吹向村庄的每一个角落。

　　从村子前面流过的屋溪河带来了鱼群忧郁的清唱和天空瓦蓝的目光，使村庄洁净并且明亮。但是雨过之后，河水就要变得混浊起来，一个连着一个的漩涡，带来了上游的东西，比如，凉席、木条和破衣裳。小时候，我并不知道屋溪河从哪里来，要到哪里去。甚至连它的名字，都不知道。对于它的茫然，正是对于时间的茫然，对于世界的茫然。

　　更多的时候，我喜欢待在屋子里。一想起我们的老宅，我总是想起祖母的红漆木盒和父亲那本黑封面的卷边日记本。我记得我们家那张没有光泽的桌子，它的黯淡让我感到不安。它是我们家年代最久远的事物，它的安静有一种无法言说的威严。堂前总是散发着黄泥的光亮。我熟悉屋子里的每一件事物，我知道稻草芯做的扫帚，总是放在土灰色的门背后。米桶放在祖母的床底下。鸡窝上堆放着农具、秧篮和洗脚盆。

　　房子小得不能再小，屋檐低得不能再低，光线暗得不能再暗。除了半间堂前，还有一间房。中间用芦苇划开。里面的半间，就是爸妈的新房了。一切都是红漆的，雕花的大床、小橱、大橱、桌子、马桶。放了床单和大衣的藤条箱子，就搁在站橱上面，再上面是一条褐色方巾包好的牛皮日记本之类的东西。外半间是祖母的床，旁边是一张蟹巴椅。坐在上面能发出吱吱嘎嘎的声音，一如祖母咯血的声音。

灶台就在祖母的床前。灶台当然被熏黑了。上方挂着两只吊钩。一只用来挂美孚灯，另一只则是挂着菜篮，偶尔，菜篮也会放一些西红柿、青枣、水蜜桃和菱角。碗橱放在角落里，里面放着青花的碗碟，碗碟中间凿了父亲的名字。我记得，那时候我最喜欢坐在灶膛的草垫子上。

那里面黑咕隆咚的。稻草烧过以后，散发出一种淡淡的清香。明晃的火星，也让我感到一种温暖。下雨之前，风总是很大，炊烟吐不出去，会倒吹进屋子，这时，屋子里到处都是呛人的烟味。雨也开始下了，在青瓦上发出噼里啪啦的声音，躺在祖母的怀里，听一些幽暗的故事，有一种说不出的温馨。

门前是一片打谷场，高大的馄饨树围绕在周围，成了一个绿色的围墙。再往南，就是村子里最主要的道路，铺了煤渣。小时候，我常常坐在门槛上，手里玩着泥巴，注视着形形色色的人群。再往南，就是屋溪河了。青石板铺就的河埠伸进清澈的水里。两棵斜斜的杨树，交织成一把伞。

夏日的午后，等大人们熟睡以后，我就溜到了河埠上。烟囱鱼在水草边闲步，看来它和我一样是溜出来的，风从河对面吹过来，带着一些水汽。偶尔，鸟会发出几声深远的啼啭，让我觉得村庄里的一切，草垛、灰堆、房舍和光亮，一切的一切，都变得陌生起来。苦楝树站在河岸边，和我一样寂寞。偶尔，落下一个果子,会在水里发出"叮咚"的声响。

这是七月的一个下午,乌鱼在细细的淤泥里沉睡,竹林里躺在竹床上的人,用大蒲扇盖住了光斑。村口,硕大的老槐树下,一张散发着岁月光亮的八仙桌前,老人们正在打牌。地上,揿灭了一地的烟蒂。卖茶水和凉粉的人,躺在逍遥椅上。收破铜烂铁的溧阳佬,吹着一支笛子,从上一个村庄来。在村口买了一杯茶水,一边用凉帽扇着风,一边看老人们打牌。寂寞的平原,寂寞的天空,寂寞的房舍,寂寞的童年⋯⋯

那一年我三岁还是五岁,我记不清了,反正离现在已经很远很远了。想起来,也总是有时清晰,有时茫然。在七月结束的时候,祖母被埋在了麦地中央。

水像一个手势

我的家在江南水乡,是青皮石条杨柳岸的那种。

我记得早晨灰暗的芦荡里清脆的拨橹声,记得五月里一天连着一天的缠绵的雨声,记得瓦楞里麻雀凄切的叫声。每一块青石板,每一扇雕花木窗,每一张夹心桃的椅子,每一挂橙色的钟摆,都浓缩成木楼梯上的吱嘎声,不知从哪一眼漆黑的月牙窗里出来,在巷子里悠悠地回荡。

黄昏,羊群和刈草的女子,穿过那棵开着紫花的楝树,绚丽的光线打在朴素的事物上,宁静而安详。这个时候,我喜欢登上老房子,面对鳞次栉比的屋脊,面对温暖的炊烟,面对隐约的地平线,还有散布在空气里的恬淡的麦香,我就会听到房子里有人走动的声音,我就会感受到幸福,幸福真的是一种难以说出的感受。

黑漆漆的雨夜，打一把纸伞，从湿润润的房间里出来，在巷子里踩出许多潮湿的声音。一扇扇的门罗列在身体的两侧，有的紧闭，有的半开，有的虚掩，映衬着夜色的灯火，让夜色更加深邃。我总是站在水洼里，让夜色和水的凉意渗进胶鞋。水像一个手势在门口摇晃，如果这个时候有一个女子，挽着古典的发髻，神情忧郁地从门里出来，发出几百年以前那种开门的声音，我会幸福得不知所措。雨水淅淅沥沥，又近又远，时疾时缓……

　　深深的南方庭院，大抵都有红漆的门楣，挂着一些风干的粽叶，黑漆的大门上挂着黄铜的门环，门槛边堆积着几只破瓮，雨打在上面发出沙沙沙的声音，很轻，很轻。院子很暗，走进去，就仿佛走进了历史的皇历，有一种沉重感和沧桑感。葡萄藤、香椿树、车前草、马齿苋镶成一幅木版画。屋子年久失修，明瓦上布满蜘蛛网，墙上贴满了隔年的年画，一只青瓷的碗碟里盛放着甜糯米酒……有时候，我常常在想，故乡的房子真的是很老很老了……

　　没有一座房子是永远不倒的。一座房子破了，旧了，就应该倒掉。倒掉的房子变成了许多碎片，每一片又都一败涂地演变成一座宫殿。小时候，我们游泳的时候会摸到一些凉冰冰的瓦片，这些都是记忆。那个时候蓝蓝的天一下子变得苍茫起来。我们坐在桥上一坐就是一个下午，我们真的不知道这些瓦片是怎样到河里来的，河又是哪一年开凿的，树的种子又是哪一年不小心从哪一只鸟的嘴里掉下来的，我们就这样在时间里迷了路。所以我总在想，我们是活在一个又一个谜语里的，我们不断地猜，越猜越不明白。直到有一天，我们消失，我们也变成了谜语。

真正读懂故乡的房子是在离开故乡以后,在一个陌生的地方,我不断去寻找喜欢的房子住下来。准确地说,我不知道我应该选择怎么样的房子,我永远都找不到什么样的房子。这一点我是知道的。但是寻找本身就是一切。你可以说这是一个形式的问题,然而形式本身就是内容。见过许许多多的房子,每一间房子都有一种东西让我们感动,有的含蓄,有的粗拙,有的端庄,有的古朴。我知道,找它们并不是因为它们只是房子,而是因为它们通了灵性,通了灵性的房子就算是家了。从另一种意义上说,房子的意义比家更加质朴。许多年以后,原先的家消失了,家的痕迹便在一些斑驳的石头、桐油大梁和陈年的稻草上镌刻下来,即使倒了仍然演绎着一些故事,就算只剩下一点点的感觉,那感觉也萦绕在心灵深处最温柔的角落。我走了,这一生离故乡越来越远,可是不管我走多远,我依然听见故乡的房子在风中歌唱。

岷江行

◎商倩若

叙嘉道上的几页日记

四川，这神秘的处女地，给人们多少憧憬的幻想啊！我们提到剑阁、三峡，眼前便浮起一座座险峻的高山，自然也就联想到巫山神女的故事，我们一读到"蜀江水碧蜀山青"这句古诗，便有许多美的感觉。是的，四川的风景，确实太可爱了，她兼有北地的雄健和南国的温柔，尤其是岷江，以清秀闻名，但自公路发达以后，人们竟渐渐地把她忘了。去年十月，我从重庆来嘉定，因水小，到叙府后就改乘木船，沿途流连，觉得岷江之美，不亚西湖。西湖似淡妆少妇，她却似乱头粗服的美人，可是峨眉的秀丽、锦江的明媚，已人所共知，而岷江的一切，却很少人谈起，我不忍湮没这绝代的美人，介绍给大家，为爱好旅行的朋友们辟一条新途径。

一　上了木船

十月三十一日，早晨去看六姊夫妇，他们是昨天从重庆来的,比我们迟到一天,现在预备往眉州去。不知叙嘉轮在半月前已经停驶了,虽然民生公司有木船上行,每人票价二十四元,伙食在内,但有孩子的他们,总嫌麻烦;又听说乘滑竿可直抵乐山,路费较多,而行期较短,这一说动摇了他们的心。"水路呢? 还是陆路呢?"成了两大问题,可是我的学校已经开学二十天了,时间不容许我再犹疑。下午 N 来说,他们已包定了一只小木船,是一个朋友介绍的,言明不载外人,不载外货,每人票价十七元,六天就到乐山,比民生公司的船快些,但是没有护船的水兵,明日即可离叙,我的票钱已由他们代付了。这天外的好消息,令我欢喜无限,反正我们是些穷学生,土匪也不会光顾的,没有水兵,谁在意呢?

三点钟时,将行李搬上了船,大家兴高采烈的,擦地板啊! 放铺盖啊! 忙得好不有劲,仿佛马上就可以到学校了,直到傍晚,我们这一群爱吵的年轻人,才跑上岸。我急着去看姊姊,他们却去吃饭了。

我不能和姊姊同行,觉得很不快,他们行李太多,怕引匪人注目,而我们的船过小,亦不能再增加人,好像命运注定,我必须一个人去学校似的。

天渐渐地黑了,月光从稀疏的树叶里偷窥着我们的卧室,我像孩子样地靠在姊姊的椅子旁不肯走,姊夫笑着说,"斐! 天太黑了,别让妹妹走吧! 明天一早,我们送她上船,不一样吗?"小外甥也拉着我的衣袖喊"姨!"姊姊怜爱地抚着我的额发说,"真的,你从来没有一人行过这样远路,我实在是不放心,……"话还没完,L 忽然来了,带着极端疲乏的表情,见面便说,"我们真急死了,以为你回木船去哩! 还好,你没有走,你知道我们的船跑了吗?"我们都吃了一惊,不怪老人说年轻人做事荒唐，把行李放在木船上，人全跑上岸玩了，船跑了，怎么办呢？但是 L 接着又说，"好不容易我们才把船找到了。"咳！这才使我透了一口气。

事情是这样的，在叙府的西边，有一个关卡，每一木船经过，一定要向木船公会纳税，大概是抽票价的十分之一。我们这只小木船，为了逃税，乘我们不在时，便悄悄地将船开走，船内无客人，关上就放它过去，等到 L 等兴尽而回，只见秋水连天，船影杳然，他们沿着江边，跑了十几里路，才在北门外找着了船。那时天色已黑，他们怕我扑空，再赶到这里，明天一早，船便得离叙，不管姊姊如何的不放心，我也只得走了。

乘人力车至北门，买了两个火把，便急急地向江边走去，这时月暗云低，远山大地都沉没在夜神的双翼里，只有我们手中的火把发出一点微弱的光焰，映在沙滩上，一种静的恐怖紧刺着我的心，眼前模糊的景色，使人感觉无限的空虚。

好长的路啊！沙滩渐渐地走完了，在我们的前面，是无数的礁石，参差不齐地散满江面，我们艰难地爬过这些石丘，火把的光焰，慢慢地黯淡下来。大江翻卷着狂浪，像一座座的黑山，不断地在我们眼前推去，那呜咽的江潮，似乎是毒龙的呻吟，忽然，我踏步不稳，便向江里滚去，L 不知怎样拉我才好，在那一刹那，我的血冰着了，我什么都不知道。

感谢上天，从江心里伸出一只手臂将我于惊涛骇浪中救起，我痴坐在悬岩下一块小石上，波涛玩弄着我的衣裙，四野静静地，只有凄厉的寒风和江潮低叙离情，在这样境界里，我感觉生命是太渺小了。

L 重新燃起火把，焦急地寻取归途，我靠着他的帮助，又爬上这一丈高的岩层，提心吊胆地闯过了这鬼门关，抬头看见木船上射出的灯光，如大难遇赦，回想到来时所遇的危险，就像做梦一样。蜀道的艰难，真不虚传啊！

二　青山绿水中行

十一月一日，晨光曦微时，船便开了。我们还在梦中，醒来见阳光盈盈，大家心中很快活，把昨夜的恐怖完全忘记了。

一清早就是忙吃，因为船夫做的四川菜，我们嫌辣，不得不自己动手，接着便是整理床铺，N把船舱收拾得和家里一样，白的褥单、蓝花的被，叠得整整齐齐的，看起来，非常清爽而舒服。

木船缓缓地前进，两岸青山绿水，畅人心胸。苏轼词说，"水是眼波横，山是眉峰聚，欲问行人去那边？眉眼盈盈处。"①确可为我们此行写真。可惜传说这路上不靖，一定要过了杨家灝，才脱离危险区，船夫逼着我们坐在舱里，辜负了许多美景，傍晚，船停于关道溪。

三　凄凉的小镇

十一月二日，天气忽然转阴，凄风刺骨，大有秋意，忆起王安石《金陵怀古》词，"天气初肃。千里澄江似练，翠峰如簇"。使我颇念江南，真的，这时桃渡秦淮，将是何情况，那千寻铁锁，又何尝系住孤舟！范仲淹的《渔家傲》说，"塞下秋来风景异，衡阳雁去无留意……浊酒一杯家万里，燕然未勒归无计。"

----

①　原作者记忆有误。此词作者为王观。——编者注

我们现在不也是如此吗？即如我这对家庭，对故乡观念很淡薄的人，在这样天气、这样景色里，不禁亦觉黯然了。

天黑了，船夫愉快地挽起纤绳，我们被引到这凄凉的小镇——杨家瀤上。薄雾笼罩着远山，山后的小村里，环绕着一缕缕的炊烟，袅袅然散入太空，几个青衣少女跪在江边的白石上，很用力地洗着衣服。我倚着船棚，怅望着这凄寂的江岸，心中充满一种不可言的情绪，N忽然开玩笑似的问我说，"你做什么？哦！要写诗吗？"我从幻想的深渊中被惊起，也笑着回道："是的，你要看我的诗吗？"后来，我真的写了一首诗，诗是这样的：

　　霜绕寒山万叶飞，孤舟晚泊傍鱼矶。

　　杨家瀤上秋风紧，一片砧声送夕晖。

四　碧天扁舟中的主人

十一月三日，今天，天晴了，大江上闪耀着金黄色的光辉，朵朵的白云，从远的山峰上掠过碧空，使人起神仙缥缈之感。两岸岩石参差，不停地有瀑布自岩谷流下，浅沫跳珠，奔腾澎湃，在早晨的阳光下，像一幅奇丽的钻石帘幕，悬在山麓。我想起去年在北碚时，写的一首诗，是"小窗花竹意清幽，坐看嘉陵翠色浮，最喜晓来云未展，碧天深处一扁舟"。不觉从心底漾起无边喜悦。我们轻帆直上，竟做了碧天扁舟中的主人，该是何等的幸运啊！南宋词人张孝祥说，"玉界琼田三万顷，著我扁舟一叶"，这浩浩大江，任我们纵横浮泛，叩舷独啸，不更可自傲吗？

黄昏，船泊于尼溪，江干银沙如雪，渔火星星，别有情趣。

古词说"素月分辉,明河共影,表里俱澄澈,悠然心会,妙处难与君说",正是此情景。我们上去玩了很久,并且写了一诗,是——

　　荻苇萧萧夜月寒,尼溪星火遍江千。
　　三年惯作无家客,爱看渔翁把钓竿。

　　晚上,我们点着洋蜡烛,在船头吃饭,不知从何处传来一阵细腻的歌声,星星的光,正照耀在树林的角落里,微风轻轻地掠起一些银沙,这是仙灵的笑语啊!不要惊动了他们,我们熄了火光,停止吃饭,静静地站着看着那柔和的月色染遍大地,大自然使我们忘记自己了。

五　山村入画

　　十一月四日,晴暖的朝阳从树林的东边窥探着大地,天角抹上一层紫霞,渐渐地淡下去,染成粉红和浅青的色彩,衬得那娇弱的白云,更妩媚可爱,好像一群白衣女郎,拽着轻纱,在碧绿的草地上,莲步缓移,美目流盼,小船轻松地在江面滑过,新鲜的空气使人有一种清灵的快感。

　　L提议到岸上去走走,除W以足痛留在木船外,我和N都上岸了。岸上笼竹丛生,在笼竹林外,便是一望无际的甘蔗田,环绕在甘蔗田畔的是数不清的矮树杂草,浓绿浅青,渲染成若干鲜艳的色彩,仿佛他们知道严寒的冬天要到了,把剩余的生命力尽量地发挥出来,交织成它们最后的光荣。这奇艳的绿色,正像夜莺心血染红的玫瑰一样珍贵啊!

　　在万绿丛中,我忽然发现几株红叶,猩红浅黄,点缀着这原始的深山,像无数宝石照耀在峡谷的急流里。造物者何等神奇,为自然的女儿织成这一件锦衣,我们真是走入画图中了。

山路渐行渐宽,从炊烟四起的小村中传来一阵阵的犬吠声,梯田种满了青菜萝卜,在我们的眼前,展开了一些矮的篱笆,充满农家趣味。我们对着那些短衣包头的农妇无限羡慕,模糊间,好像走进桃源一样。几个背着太阳,挖取菜蔬的老妇注视着我们,带着一种奇异的眼光,是的,她们并不会觉得是生存在极乐的国土里,她们更没有想到自己会令人羡慕,惟其如此,她们才是真正的快乐。L很有感慨地说,"我看见他们,不禁生田园之想了",红尘碌碌,何处是我们的归宿呢?

年轻人总是愉快的,这种世外之想象,浮云样地又掠过我们的心头。N真是太娇弱了,走不到十里,已汗流气喘,渐渐地,我离开了他们,独自穿过森林,嚼着甘蔗,走到沙滩上,等了半天,N和L才来,但是江边礁石太多,木船无法泊岸,小划拨一下,要两块钱,简直是硬敲竹杠。我不服这口气,要涉水而过,但N不肯,只得作罢,沿着沙滩又跑了几里路,想寻找一片可以泊船的沙滩,L忽然高兴,跳下水去练习游泳,我们那时急于上船,也没有兴致去欣赏他的艺术。

五点钟上了船,两岸险峻的石山竟转变为平坦的红色土堆,这战士鲜血染成的丘陵啊!插满了葱翠的绿草,中间还点缀着几块黑石,好像织女的绣垫展开在人间。过月波,但见丹枫野竹,夹涧丛生,因得一诗:

> 一叶扁舟过月波,丹枫野竹绕青螺。
> 如何误入江南路,不听吴娃桃叶歌。

六 过了险滩

十一月五日,黎明时,船夫就起身了,说是要过滩,让我们睡着别动,以免发生危险,我那时还没有十分清醒,昨日的疲劳,使得我又睡熟了。迷糊间,觉得船身震动很大,猛然睁开眼,只见船老板涨红了脸,拼命地撑着篙,六个船夫背着纤绳,伏在水中,一步也不能前进。那一朵朵的浪花,就像是武侠小说中的飞剑,旋绕在我的面前,那江潮的怒吼声,就像是千军万马在冲锋杀敌,忽然,木船移动了,疯狂地向下游退去,一堆堆的礁石,闪电似的往前飞奔,断了的纤绳,飘荡在空中,风声水声,鼓荡着急流,小船随浪颠簸,仿佛要沉入江心。我觉得天地日月都摇动起来,极度的恐怖,使我忘了一切,昏乱、惊骇,把握了每一个人的心,那汹涌的波涛,欢乐地呼啸着,好像是说,"这是你们最后的归宿了。"

好不容易,我们的纤绳被邻船上的人拉着了,才挽救了这次的危运,于是船主又增两人背纤,经四十分钟,才过了这个滩。但走不到一里,第二道难关又到了,土人称第一个滩做洙泗滩,第二个滩做岔鱼子,都是岷江著名的险塞,但川音不明,船夫又不识字,滩名的写法,有无错误,却不知道。

岔鱼子的艰险,亦不亚于洙泗滩,接着又有沙洙壕等滩,阻塞在我们的前面,这样走了二十五里路,乘客船夫都在极度紧张中过了一天,川江的难行,也由此可知了。

下午经过犍为县,上去玩了一会。据说在古时,犍为是一个州,他所管辖的地方直达叙府嘉定,可是现在,他仅仅是个二等县而已。但街道还相当整洁,市面也还繁荣,旧日的光辉尚留给他一点痕迹。

晚间，船停在黄桶窝，一眼望去，只有清澈的泉水，从黑色的山石缝里悄悄流出。景色非常荒凉，大有"四面云山谁做主？数家烟火自为邻"的境界，枕上静听那呜咽的江潮，很久不能入梦。

七　山映斜阳天接水

十一月六日，早晨船过青洗壕，危险情形和昨日相同。L因游泳受寒，便发起疟疾，W和N生性沉静，总喜欢坐在舱里，我只得一人独乐，但"曾经沧海难为水"，今昨两天相比，终使人有大巫小巫之感，回想起洗泗滩的惊涛汹涌，觉得还有一点余悸呢！

近午，W说他头昏，不一会也呕吐起来，不用说，又是疟疾。这一船四人便有两个睡倒，而这二位病人，都一向自称健康的，可见天下的事不能预料，好在离开叙府时，姊姊让我们带了一瓶奎宁走，这时，竟大得其用了。

晚间，船停在西瀼，这是一个很美的小镇，澄清的江水和远远的秋山相连接，黄昏时的轻烟，笼罩着黯淡的夕阳，岸上疏疏落落的有几户人家，竹篱的空隙里透出一两朵黄花，在寒冷的秋风中妩媚地摇曳着。我低诵范仲淹的"秋色连波，波上寒烟翠，山映斜阳天接水"，不禁悠然神往了。

八　板桥夜泊

十一月七日，木船上的规矩真多得很，吃饭不许说饱，只能讲足了。船停不能说到，只许讲拢了。这也罢了，今天，船老板又让我们请他们吃肉，是个慰劳的意思。吃多少呢？吃六斤肉，六个人要吃六斤肉，真骇人听闻，没办法，被他敲了一个竹杠。

江面越走越狭，我们的船从岷江转到了大渡河口，在我们的前面是一个险滩，叫观音滩，非常难过。船被迫停在板桥，据说登岸渡河，可到牛华溪，从那里乘人力车便至嘉定对河的篦子街。我们当然不愿多找麻烦，想另雇小船上行，但可恶的船老板却躲得不知去向了，他怕我们逼他退船钱，因为本来是讲好直到嘉定的。

天气阴凄凄的，我和 L 去牛华溪打听赴校的车子和小船。穿过竹林，一阵阵的寒气逼得我发抖，好不容易走到河边，渡河上岸，到处向人探向武汉大学的校址，有人说在乐山公园后面，有人说在嘉乐门外，有人说在高西门外，结果还是莫明其妙。

车子和船也是同样的不得要领。一般劳工都变调皮了，听说我们有行李，一定要见了东西再说话，车子大概是五元一辆，船呢？根本是没有，他们有什么帮呀！说些奇奇怪怪的生意经，弄得我们发昏，只得败兴而返，但不管怎样，我在这板桥，又停留了一夜，江风吹动船棚，发出沙沙的声音，江潮低低地呼啸着，像一群幽灵的呻吟，W 发着极高的热，痛苦地和病魔搏斗，我们对着黯淡的灯，商量明天赴校的办法。

九　到了嘉定

十一月八日，小木船是绝望了，我们只得乘人力车去嘉定。

早晨找了几个农妇,把十六件行李运到河边,渡河至牛华溪,分乘六辆人力车,浩浩荡荡,向嘉定奔去。一路凄风苦雨,冷得人发僵,那浓碧的秋山,澄澈的池水,都似乎笼罩着无限寒意,W的病还未愈,我们都担心他的身体要受不住,车到篦子街,我倚着车辕,不会走路了。

三块钱包了一只小木船,渡河到嘉定,好艰难的旅程啊!现在结束了,但我们回想到在木船上,有晴朗的清晨,有明媚的碧波,有鲜艳的红叶,有浓翠的野竹,那银沙,月夜,细歌,渔船,给我许多玄虚的幻想?那青山,飞瀑,礁石,怒潮,给我多少豪壮的快感,人生最有趣的事,无过于波折,为了这一点,我对于这次的旅行,是深深地喜爱着了。是的,我们经过许多危险,那正象征着我们的前途,世界上何处没有荆棘?人海浮沉,我们也不过是一叶扁舟罢了,回忆起那奇险的岔鱼子,写了一首诗,是——

　　雪浪凌空簸小舟,岔鱼礁石巨如牛。
　　轻帆逆水青云上,不畏风波不解愁。

江之歌

◎丽尼

　　江如同一条愤怒的野兽，咆哮地冲着，冲过了滩和峡，冲过了田野和市镇；而在这里，在冲过了一个峡口以后，就瀑布一般地倾泻下来了。

　　六月，江里发着山洪的时候。

　　酷热的一天过去了，黄昏慢慢地落到了奔流着的水上。太阳已经沉到远远的山冈里，天上只浮着几片白云，摇动着，不知在什么时候就隐没到不可知的远方。江太宽，望不见边际，有一层雾笼罩着空旷的江水，在这蒙蒙的外边，躺着了巨大的平原。一息微风吹了过来，带来了凉爽，也带来了黑夜。江是平寂的，除了旋涡碰击着船头，发出空洞的哗啦哗啦的响声以外，就听不见别的声音。

　　船在江心行着，一只小船，迎着逆流的水——我和我底船夫控制着不羁的小船，在这薄暮的空江之上。

　　我正是年少，然而我底船夫则已年老；花白的胡须铺满了他底脸面。他两手握着桨，迎着水势把双桨杀下，口里留着历代所遗传的不知名的古曲，枯嘎的嗓音布满了整个江面，如同一阵旋风掠过水上，卷起一些回曲的波纹。我坐在船尾，谨慎地随着水底来向而摇摆着舵子，听着老人的歌唱，望着奔流而放荡的大水向着船头冲击，止不住地战栗着了。

"当心，前面大旋涡子！"我底老船夫停止了歌唱，高声地警告了。我也提起精神，留神地望着前面。

前面是汹涌着水。我们知道这汹涌是会没有休息的。只是，我底心禁不住地跃动了，手也不自觉地抖了起来。我想要呼喊，然而呼喊不出。江是太宽了，而且薄雾罩住了边岸，朦胧了那无际的平原，只有水声在大江之中作着哗啦哗啦的响声，直钻透了我底心底，使我不能支持。

"危险的生涯啊！"我低着头想了："一种将生命当作了儿戏的生涯。江水是无情的，一个不经意，来不及闪避，我们就全会沉没了。"

我想到了这危险的江心，这可怕的行程；想到我们底船应当靠着岸边，不能再在江心挣扎。我底手战栗着，不安定把着舵杆。

"水上漂老兄，靠岸走吧，天已经不早了。"

然而，望见老人的双手和全身的运动，我底声音在中间不禁抖擞了。

"什么？靠岸走？"老人回答着，声音是愤怒的："你以为这样的水我就爬不上去么？一年三百六十天，一百八十天走流水，一百八十天走慢水，都是走过的。"

我感觉惭愧了。我应当怎样说呢？我，一个十六岁的小伙子，我能够藐视一个六十岁的老人么？我底手能够像他底一样暴露着青筋么？我底手能够像他底那样作出强悍而迅速的运动么？老人似乎是受了侮辱，身体更向前挺，两只如铁一样的手臂也运动得更为沉重了。

水仍然在猛烈地流，哗啦哗啦的响声比以前更为响亮。大江上面，雾更浓了，黑夜垂下了它的厚而重的幕幔，压了下来,几乎使人晕眩。几亩田地般大的旋涡拖带着上游被大水所拆毁的屋子的碎片,猛烈地撞向了船头,发出一阵愤怒的咒诅,又从船底溜了过去,而接着,一阵哗啦哗啦的响声就被遗弃在船后了。

老人没有歌唱,只是无声地用力把着桨,往水里杀下去。浓雾隔住了天上的星斗,遮住了一切的光明,江上,仿佛有无数的黑影在浮动,在互相冲撞,而小船就在这黑影下面,溯着江流而向前奋进了。

我随着水势把舵尾掌着,心中感觉得无限的寂寞和恐惧。我想着我正是十六岁,是好的年岁呢。然而,我该是多么怯弱。在我面前把着桨的是一个老年的人,他有着太长的灰白的头发和胡须,他有着因为年老而尖削了的下巴和陷落了的眼睛,然而,他却是强悍而康健的,他底手臂可以举起我底整个单弱的身体,这于他是不会费什么气力的。他是强悍而康健的,他比这逆流着的水还强。他是在挣扎着,在角逐着;他把命运抛到了他所看不见的地方,而完全信赖了他底两只手臂。

我举起一只手臂来,试试我底气力,然而,船一摇晃,我就重新迷失在恐惧之中了。

夜静得可怕,只有逆流碰着船头和老人的双桨挑着流水所发出的空洞的响声。我底心空虚得好像一张白纸;是有谁在那白纸上面画出了无数细薄的网、丝,它们将我牢牢地绑住。

老人咳嗽了一声,是预备要提起他那枯嘎的嗓子来骂人了;然而,却并不开口,只是把双桨拼命在水上打着,发出了令人战栗的响声。

是多么单调,多么凄凉,又是多么愤怒,多么不调和的声音啊!

我感觉得我底心结成了一个冰块,我感觉得我会窒息。我忍不住低声叹息了。

"'唉'什么的,老三?"水上漂沉重地问了。

"没有什么,老兄,"我回答着,心里感觉了一阵惭愧。

"水涡子里面是不许'唉'的,晓得吧?"他底声音是那么沉重,使我不能反抗。我怎么能够反抗呢? 我能"唉"么? 一个十六岁的小伙子,正是少壮的时候呢。

然而,水是这样急,江是这样宽,而且,夜是这样暗,这样寂寞——我能够怎样呢? 我还想要呼啸,但是,我呼啸不出,似乎是有一块石头压在我底胸腔,使我不能喘息。

我轻轻地喊道:"水上漂老兄……"

"喊我做什么?"水上漂无精打采地回答。

"唉,没有什么。我请你唱一个歌儿。"

"唱歌儿么?"

"是的,唱一个歌儿,太静了。"

"唱什么歌呢? 这样黑,这种雾,他妈的,鬼气! 老三,这样的黑夜唱什么歌呀? 不用唱了罢,黑夜好行船。"

逆流从船底冲了过去,声音极其响亮,老人把桨打得更密,他们的船是在挣扎之中向着逆水往上爬着了。

我底手战栗着,心上似乎围上了不知多少层细薄的网膜,我不知道怎样把这些可怕的网膜撕去。我想认真地看一看老人的脸面,然而,夜是黑暗的,而且他只是把他底背朝了我,向着前面,永远也不回过头来。

黑夜是沉默的,我想我会在这黑夜之中闷死。我坐在船尾,看着迷蒙中的江流,想到我们是在这激流之中冲闯,向前闯去,闯去,闯到什么地方? 一只小船,在这样的江流之上,一老一少,一个苦苦地打着桨,一个战栗地把着舵,向着这逆流往上爬,这到底是为了什么? 我想到这江上的生涯,黑夜的航行,与这逆流的斗争,我想到我和我底老船夫的命运——一种忧郁锁住了我,使我禁不住要哭了出来。但是,听着了那年老的同伴,他在前面奋力地打着桨,呼吸着康健的气息,忿忿地斥骂着水太流,我变得惭愧了,我不知道我应当怎样安置我自己。

忽然,一声咳嗽打破了眼前的静寂,我底老同伴是要说话了。

"喂,老三,真的要唱么?"

我感觉得如释重负,急忙地回答:

"真的呢,谁开玩笑呢?"

"你要我哭丧似的唱么? 在这样黑夜。唱起歌来多少是有些鬼气的。"

"总比这样静着好吧? 老实说,水上漂老兄,再静下去,我真会哭了。"

没有回答,沉默更加紧了。

——只希望有一个歌啊! 只希望有谁能开口,就是放声哭,也是好的。

而一种沉郁的原始的歌声就从水上涌出来了:

> "我站在这水边呀,哟哟,
>
> 我娘儿呀,来哟;
>
> 抱着了你哟,水里跳呀,
>
> 今生做不得好夫妻,
>
> 来生再脱胎呀,哟哟。

"把你的腰儿抱呀,哟哟,

不想跳呀,乖哟;

亲个嘴儿哟,望一望呀,

你这般俊俏的娘儿,

我们搭船逃呀,哟哟。"

不可遏制的苦闷和忧郁罩住了整个的空江。一些原始人的哀愁从那枯嗄的嗓音之中放送了出来,弥漫着,回荡着,形成了许多幻想与阴影,向着我底心头攻击,几乎使我昏迷。那都是一些往古的水上的人们,在自然之中挣扎,而且有着不能满足的欲求,以致把生命看轻,而想把自己发送在江流之中;然而,同时又有着对于生命的苦痛和爱恋,而终于决定着要继续这苦闷的生命,在挣扎之中寻求一个处理自己的方法。但是,那声音,由那年老的枯嗄的嗓子重流了出来,那表现着这年老的人该是有了怎样不可以忘怀的记忆。声音震动着,一直钻透了我底心底。

——青春是过去了,跟着青春而来到的是一个老年,而人类就是在这命运之中辗转着的。

我战栗地说道:

"水上漂老兄,这歌里面也有一个故事么?"

"这歌么,是真的事情呢,"他马上就回答了,使我的心感觉了一些儿轻松。

"大约是很凄凉的吧?"

"可不是! 给你们年轻人听着了,怕真会哭几场吧。"

一层忧郁网早又套到我底心上了。我不能想象那年老的人,他将说出一个怎样的故事,或者说出一个怎样的结果。船是没有保障的一片落叶,而江流则是狂暴的;人类在这中间能算得什么呢？也许，从远古以来就有苦闷的伴侣们是沉葬在江心之中的吧？眼泪止不住地流下了我的眼角，而浓雾就在这时更密起来了。我以战栗的手掌着舵尾，我底老船夫仍然是拼命地把桨在水上打得啪啪地响。我们都是在黑暗之中，在这黑暗之中向前闯着。

"讲罢，水上漂老兄，我正等着听呢，"我无法隐藏我底声音的颤动。

"忙吗？夜还长得紧呢。明儿天气准热，我们今晚赶一晚夜路，至少要到古龙湾去湾船。你不是要睡么？早呢，半夜还不到……"

我感觉得我受欺侮。我为什么怯弱得要睡呢？我说：

"不是呢，我想你给我讲那故事。唉，你一唱起那歌来，我就想哭呢。"

"哈哈，老三，太没用了！又想哭？年青青的，为什么老是想哭呢？你今年十六岁吧？"

"是的，正是十六岁呢。"

"十六岁，正是好年纪呀。怎么天天想着哭呢？十六岁的时候，我还没有到船上来，可是我已经长得现在一般高。我在殷狗三家里做长工，一年十五串钱。那时，他家女儿爱上了我。……"

"是的，我听见说过的。"

"那时候，我也老爱哭，时常一个人偷着流泪。可是，有什么用？老实说，老三，人总得活，活着就得有点儿活劲。哭哭啼啼，娘儿们一样的，算什么吧？吃两块豆腐，得卖四两气力，哭有什么用？比方说，船打水上走，水要往下流，这有什么办法？任你烧香求神，可能够叫水往上流么？有什么用？我们只能这么撑，这么挣，向上爬呀，爬得一尺算一尺，爬得十尺算一丈，那才是真的。'爬白了胡子爬不上青山灞'，可是多少人不是一年上下几回的么？呃，老三？"

我战栗地听着这头发和胡须都已灰白的老人说着他底言语。我想不出话来回答他。人啊，有的是在水上抖擞的；而有的，倒比水还强，倒是将斗争当作了生命，而埋葬在斗争之中的。

我苦闷着，如同有火在我底心头燃烧。

"喂，老三，怎么的？在想什么？发呆么？记起了你底妈妈么？妈妈养你一场，不是要你像这样的呀。唉，你妈妈真强。那一年发大水，你妈妈还架着船到处找你爹爹底尸首呢。你妈妈一生没有哭过，不像你。"

我如同落到一个噩梦里，而那过去十六年的生活，就一幕一幕地显现到我底眼前了。我战栗得不能说话，只觉得热泪是如同崩溃了堤防一样从我底眼中涌了出来。

"发愁是没有用的，老三。像你这样的小伙子，一天走得八十里的上水才算对得起自己。发愁有什么用？发愁可以当饭吃？殷狗三底田随便给你种？王财主底米仓随便放给你吃？笑话！"

我底心如同一团乱丝，缠结着，解不开，找不出一个头绪。我感觉得我底心中有着无数的骚动，只想高高地呼啸。我感觉得我底老同伴底话语，一个一个字都是一个火把，它们燃烧着我底心，使我昏迷。它们燃烧着我，使我感觉得这燃烧比这逆流底冲击更为厉害。我感觉得我是错活了若干年岁，我只是在黑暗之中苦闷地摸索，然而却从来不曾有过一点光明临到我底眼前，这使我不知道怎样去看周围，也不知道在什么地方去使用我底气力,因而,我是一天比一天变得更怯弱起来了。

"你底话真对呢,"我说了:心中感觉了轻松和愉快。"人活着,就得像我们在这些旋涡里边挣。可不是?"

"正是呀,正是呀!"我底老同伴健壮地呼喊了,使得这黑暗的江上一时爆发了无数的火花,而我底心也在这些火花之中渐渐溶解了。我感觉得血液在我底全身骚动,使我禁不住发出愉快的战抖。我一只手拭去了眼角的残泪,不知不觉地从口里长长地呼啸了。

小船在黑暗的江心之中向前冲撞,水流得更急,然而,我们底手变得更为健壮。桨迎着逆流急急地拍,声音变得愉快而且和谐。

夜已半了。微微地似乎有风在江上吹拂,而浓雾也在慢慢地稀薄。

船向前挺进着,两个人连咳嗽也没有一声。江底流动与夜底欷嘘在我底心中和谐地合奏,使我感觉愉快。我几乎要发狂了,然而却不能颤动我底身体。江水从船底愤怒地冲了过去,唱出了忧郁与败北的曲子。

"要睡了么?还早呢。"

"不,一点儿也不想睡,"我说着,身体微微地动了一动。

"那么,还是说说话的好罢。太静了,走得不耐烦的。"

"那么,你先说罢,我没有什么说的。"

"我也没有什么说的呢,哈哈!"

船仍然逆着江流向前奋进着。水愤怒地碰击着船头,然而终于败北地逃向了船底。我们努力地撑持着船,听着水声底败北的鸣咽,心中感觉了无限的愉快。

"我打从你底头上走哟,你这逆水呀,

　　　我有两只手,两叶桨哟,

　　　拉索的哥儿们呀,莫后悔哟,

　　　等到娘儿们死尽了,再还呀,乡呀!"

　　歌声由那枯嘎的嗓子里宏壮地发了出来,响彻了整个的江面。我想着,夜怕是会要完了吧,黑暗无论如何是不会久远的。我说:"好呀,再唱一个罢,唱得真好呀! 把娘胎里的劲儿也拿出来唱罢,一直唱到天明。"

　　　"等到娘儿们死尽了,不还乡呀!"

　　　"……………"

　　船上又复沉寂了,只有水在船下败北地流,呜咽地发出了怨声。我们愉快地撑持小船,向前奋进。在熹微的黎明之中,雾在渐渐地消残。一息清鲜的晨风把残余的白雾吹散,我是如同从一个悠长而不可解脱的噩梦之中醒来了。我把着舵,在船尾站了起来,深深地呼了一口气。我想唱一个歌,然而记不起一首最合适的歌曲。船在向前推进着,桨声啪啪地响,船在向着逆水跑,跑,把一切的渣滓都遗弃在后面了。

　　　"等到娘儿们死尽了呀,也不还乡呀!"

　　　"……………"

　　船在向着逆水猛力地跑,水在船脚下败北地流了去。两边望不见岸际,前后望不见湾角,只有上流打下了几丛翠绿的芦苇,依着在我们的船边。

　　　"我们要打从你底头上跑哟,你这逆水呀!

　　　"……………"

老人没有咳嗽，只有桨在水上啪啪地打，发出愉快而和谐的响声。

——我们与一切皆在微明之中前进了。

一九三五年一月改作

孔雀河夕阳

◎巴荒

一

　　站在紧依孔雀河畔的普兰县址贡嘎顿，可见普兰四面环山且雪峰争鸣，正如古称之"雪山围绕之地"。普兰孔雀河谷的山岩很独特，夏季里冰雪融化后，一些被流沙砾石覆盖的山壁或陡坡，依稀露出风蚀的山岩巨石断层，从细碎的砾石流中突起，像一排排裹着浅色衣罩的人头雕像，而且表情怪异。

　　到达普兰县所在地的第一个黄昏，受高原夕阳的指引，我穿过紧依县城的吉让乡贡嘎顿村，在村外那古拙的土山崖下，巡视那些天然的具有表情的石头雕像，并着迷地用铅笔在我的速写本上勾勒它们；旅途是疲劳的，我总是没有足够的时间用线条和色彩来描绘，也没有足够的时间来填充我西行日记簿中留下的那一页页空白，但面对普兰这奇异的自然景观，我享受着勾勒它们这种特殊交流的快感，它动人的象征意味如此的耐人寻味……

　　普兰的朝霞和晚霞总是特别的情意浓郁，它和宝石色的孔雀河水相互映衬着，把普兰在古拙中却很有几分荒寂的群山，渲染得像普兰那些神奇的传说和历史一样轰轰烈烈。

传递着由远古至今的真实而又诡异的种种信息，它们证明着普兰与海、与湖和与森林的关系……所有独具特色的石头都会被视为神物，它们凝聚着普兰人的生死宇宙观念和对自然神的崇拜。人们悄悄地来到祭坛，按照自己传统方式围绕摩尼石堆转着，转着，一切都在默默地进行。

这总面积为两千八百平方公里的普兰高原地幅太辽阔而人群太稀疏，使它的村庄有一种独特的静。即使在香火未断的科迦，一个藏族老妇或老头儿绕着寺院转上几圈和拨动寺院门旁的摩尼轮，几个尼泊尔人或不丹人的后代坐在寺院外休息，几个木工在曾经被仓库占用的科迦寺白庙中工作……一切都全无大声地喧哗。

贡嘎顿村静悄悄，一个妇女坐在院落埋头织着氆氇，一个汉子在驱赶一群羊；偶尔三三两两聚集起来的孩子发现有生人来到，便悄悄地靠近和观望来人；而在街头巷尾，偶尔出现的年轻人或老人们不慌不忙地行走，即便我在他们身后尾随时发出急促的脚步声，他们头也不回……走在普兰高原上这似江南小镇一样清新素雅的民村中，不仔细寻访就很难看出普兰曾有过的轰轰烈烈的历史和如今还潜伏在民情中的隐痛的旧俗……

普兰人是惯于沉默的，即使他们说话，那声音也如普兰的石头一样具有凝固的厚重感。普兰人是朴素的，只有在节日里，女人们才穿戴上她们古老而独特的服饰，披上华丽的披风，佩戴上缀满珠宝的首饰，跳起古风的歌舞，这时，你才知道普兰的文化和财富还有什么。

普兰人的血统是高贵的。在他们的眼里，尼泊尔人是贫穷的，不与尼泊尔人通婚是他们的传统；在印度人的眼里，普兰人是贫穷的,但要是有藏女和印商有了关系,在普兰人的眼里其身价也会大跌。与外国人通婚被普兰人看做丢人的事情,因此,藏、印、尼边民之间也时有相互的鄙视和各个不同的亲疏关系。

铁匠在旧时的西藏同屠夫、猎人、乞丐一样,是地位最卑贱的人,尤其在阿里普兰,铁匠被视为"贱骨头",他们甚至不能与其他平民百姓通婚,人们认为与铁匠家通婚就会跟着变成"贱骨头"。这些平常只靠打个菜刀、钉个马掌或打包银碗为生的家庭,如果一旦家中有女人和非铁匠家的男人发生了关系,老百姓就不用这家铁匠打的碗了……据说,普兰曾有一位由国家职工退休的老人,原来是个铁匠,退休回家后仍继续干铁匠活而被自家人歧视。这铁匠地位低贱的精神包袱在老百姓的心中真是太沉重了。

但普兰人的胸怀又是和善宽厚和博大的,他们慷慨施舍贫苦的尼泊尔路人,他们容纳那些朝佛者和尼泊尔商人成为当地的临时居民,共享这冈底斯所给予的世界性的宗教和人文关怀。这是普兰藏人特有的胸怀。

冈底斯孕育了一种具有佛陀的慈悲为怀、万物同体与和平宽容的理想和包容精神。

生活在冈底斯山脉和雅鲁藏布江流域的人民,生活在唐古拉山脉、横断山脉的人民,整个生活在喜马拉雅山脉的不同国家的人民以及生活在恒河流域或印度河流域前来朝圣的信徒,都因为普兰所拥有的冈底斯精神而在心灵的独白中获得信仰所给予的慰藉……谁信仰它谁就享有它精神上的馈赠。

冈底斯也包容一切信徒的幸福与喜悦、悲痛与辛酸。

今天,在"神山"下找到归宿的那些当年磕着头来自藏北、来自四川或青海的牧民,对那充满着神圣的艰辛和超越生死的年月还记忆犹新,讲起那像古老的传说一般的朝圣壮举,伴随着虔诚的信仰,也伴随着怀念故乡而牵肠挂肚的忧伤……

二

尽管从普兰县到科迦不足二十公里路,但寻车前往却让我费尽了口舌。地区行署领导坐镇,各路干部和有关人员聚集在普兰宾馆开会;司机们却各有想法,头一天晚上答应得好好的,第二天早上就不见人了。直到第二天下午,我才另外求得一位司机,坐上他的老式北京吉普离开普兰县城,沿孔雀河东岸顺流而下,直驱科迦的民村和曾经与贤柏林寺齐名而属萨迦教派的科迦寺。

坐落在村东头而比贤柏林历史早六百年(1088 年建)的科迦寺却出乎我的想象,它与僧舍和民房毗邻构成狭窄而曲折的甬道和紧骤的院落,行于其间,使我想起内地南方的小村镇和庙宇。它有一种把神圣的殿堂和现世的民生融会为一体的亲近和世俗意味,好像大大缩短了人和佛界之间难以企及的距离。

据说科迦寺之所以几百年来香火旺盛,是因为寺内有一尊从地里长出来的大佛像,老百姓称之为角吾让波钦(即宝贝佛之意)而甚为崇拜。当我匆匆进入寺院大殿——守候在大殿中的喇嘛一刻也不让我停留——按照惯例从左到右绕一圈出来后,竟没有什么引起我特别注意的,喇嘛也没有特别介绍。倒是在大殿右面正在修复的白殿里,从木工手中发现一块西域风格浓厚的木质深浮雕天女像,让我欣喜若狂。我想那或许是一块 11 世纪尼泊尔或克什米尔工匠的原作，为了求得木工把那块虽已风化却十分精美的木雕卖给我，我愣是喝下了一碗他递给我的青稞酒。那酒显然是陈年旧货，其发酸发涩的味道足让我作呕。然而最终那木雕还是没有买到，但木工让我拿在手里仔细地欣赏了个够，它像那酒一样让我记忆深刻。

据说科迦寺的老活佛才旺南杰是普兰吉让乡人，他三岁就被选为活佛，后来他离开了寺院并有了一妻一女，但村中的百姓仍称他为活佛。因为活佛死后才能转世，所以科迦寺至今还不能另寻转世灵童。我在科迦仅待了不足一小时，既没有向导也没有翻译，因而也无法寻到这位在世俗中生活的老活佛。

尽管普兰因拥有冈底斯山和孕育了四大江河而成为宗教的圣地，但普兰的宗教与其他西藏地区的宗教相比，这佛门的生活却颇具有世俗的人间色彩。过去，科迦寺的喇嘛可以吸鼻烟、饮酒，念经时也不必露出双臂，他们可以穿带袖的衣服（黄教不允许），而年幼的喇嘛可以常住父母家中；据说以前贡巴宫寺的喇嘛平时也住自己家中，正月来寺念经八天，二至八月每月各来寺念经六七天，寺院管饭，除此之外自谋生活。

1961 年统计时，普兰有大小寺院二十七座，喇嘛三百八十九人，尼姑一百九十一人，而普兰人口女盛于男，历史上曾有尼姑多于喇嘛的时候。据说紧靠贡巴宫寺之东有一分寺即为尼姑庙，多油乡的多油寺也是一个尼姑庙。

普兰的尼姑们除按时到寺院念经外，其余时间便在家中劳动，一些与男子通奸的尼姑，如生下子女即去寺院请罪还俗，遂沦为寡妇；红教徒们则可娶妻不剃头，数量很少的红教徒一般以游走化缘传教为生,但老百姓尤敬畏红教徒,认为他们的法术咒语很厉害。

与尼泊尔交界的普兰细得乡有个萨迦派的细得拉得寺,过去的喇嘛都是当地人,每人均有一妻,平时在家中生产,藏历二月集中于寺院念经一次并跳神,因全寺只有十多个喇嘛,人不够就让老百姓也参加。大概是因为阿里的老百姓认为,活佛就是神,因而神和人之间并没有本质上的区别,喇嘛和百姓之间便无不可逾越的鸿沟了。这阿里本是根植于民间的本教以及苯教主辛饶米沃且的故乡,又因为普兰在人烟稀少、土地贫瘠的阿里是举足轻重的粮乡,所以这里大多数寺院无严格而烦琐的教规和仪式。喇嘛们需在家中务农,娶妻生子也成为一些教派可以接受的地方风俗,而世俗的生活与对爱情的向往,便默默地给这宗教世界增添了浓厚的人情味。

这似乎也是对普兰的世俗的"半婚式"婚姻的一种独特的补充。普兰那些所谓以"半婚式"出嫁的姑娘,她们婚后仍住回娘家,替娘家下地务农,生了孩子在娘家养大,女人肩负的家庭责任比男人还大,颇有些像泸沽湖的摩梭人。据说,这却苦了两边奔波的男人们……

看着普兰妇女宽宽的额角和厚厚的嘴唇,我总觉得她们那宽和那厚中蕴涵着更深的由历史和风俗编织成的生存准则,也储藏着她们对生活的希望和等待以及隐忍的性格。

三

科迦是普兰三个区十个乡中产粮最好的农业乡,被看成是阿里的精华之地。但半农半牧的普兰,生产始终处于靠天吃饭的自然经济状态。普兰过去生产工具落后，耕作方法简陋，早年的地区调查史料这样记述着普兰的农业："牛耕者，铁犁头小；木犁耕者，则力量不及；点耕时以木棍锥地……以及少有除草也无施肥，遇年成不好，连种子都收不回。20世纪30年代的吉让乡曾连年无收成，当地的老百姓说是'土地把种子给吃了'。"

但毕竟全县总面积为两万八千平方公里的普兰，占有七百三十八公顷多的可耕面积（天然草场有6公顷，可利用的草场面积为4.3公顷），它的南部一带喜马拉雅山脉地区海拔在四千米以下，是阿里海拔较低的区域。普兰县海拔三千九百米，气候相对温暖，尤其是孔雀河谷一带，年无霜期可达一百天以上，年日照量则约达三千二百七十小时，且年温差不大，与干旱的阿里其他地区比雨水也相对充足，因而适合于耐寒的农作物生长。普兰的农业生产以青稞、豌豆为主，兼以油菜，少量的小麦、土豆、萝卜等粮食和蔬菜，在当地被冠以"阿里粮仓"、"阿里江南"之美称。据1986年统计，普兰年产粮总量达五百零一万余斤，用人们习惯的新闻术语来讲，叫做"创历史最高水平"。

走在孔雀河畔的农业乡，看到刚刚收割了青稞麦的梯田里留下金灿灿的麦茬，看到突然出现在路边或荒山坡上绿葱葱的豌豆田时，真让我愉快。我忍不住掐上几棵豆苗放在嘴里嚼一嚼，那清香味就像集中了高原稀有的全部滋润，却都在此刻的咀嚼中让我品尝尽了。

这些绿色的豆苗就紧依着风化中的荒山坡以及古老的山壁和废弃的洞穴，将十分真实坦荡的自然表现得一览无余。它们告诉你：生命就是从这些看起来既荒芜又崎岖且像长满癫疮的地方长出来的,它饱尝了高原的风寒和日曝却依然葱绿油油,身处逆境而决不颓唐,像一个在现实中饱尝了人世沧桑却童心未泯的人一样可贵。

站在科迦的高地往东南望去,孔雀河下游约七八公里以外北岸小高地上的斜尔瓦却是神秘的。孔雀河穿过斜尔瓦进入今尼泊尔呼姆拉县。呼姆拉县旧时以种田和做木碗为生的尼米藏人今朝何样? 这个历史上曾为普兰管辖过的藏民边地,与普兰割不断的是老百姓的亲缘;还有尼泊尔境内的蒙巴地区,强拉山口印度边境内的姜巴等地区……还有多少藏族的血缘和亲情流传在这西喜马拉雅山脊的东南西北?

那个古格王朝盛时发展起来的支系亚泽王朝呢?

孔雀河下游的久木拉地区,位于今尼泊尔卡尔纳利河流域,那里古代史上的亚泽王朝更是神秘。它同尼泊尔马拉王朝时代西北部山地的古代史,到底有着什么千丝万缕的联系? 据载,古格王朝盛时,沃德的六世赞楚德在久木拉地区曾建亚泽王朝,此王朝至十二代王时因断嗣曾从布让迎回王裔继掌朝政。亚泽王朝后世的君臣百姓们呢? 他们的后裔是否还穿戴着同普兰妇女们相似的头饰、服饰,佩戴着沉甸甸的珠宝?

孔雀河斜切喜马拉雅山而过,这条形成于上新世的河流——就是说,在喜马拉雅山还未上升的时候,它就先已成河;那时的普兰,属于海拔约一千米的亚热带南部,是一片气候炎热的亚热带森林和草地,悠然地生活着三趾马动物群……喜马拉雅山不断上升了,如今,喜马拉雅已举世瞩目,这条先成河却河床未改——它在古老的河床上,径自欢快地跳跃着、歌唱着,从冈底斯山的西南面融会泉水和雪水而来,由西北向东南横贯普兰县,经吉让、科迦、斜尔瓦等地入尼泊尔境内成为卡尔纳利河,再穿过尼米,穿过久木拉……注入神圣的恒河。

太阳与朝霞则日复一日地照在普兰群山环绕的雪峰或山脊上,犹如奏响了山谷的音乐,它发出一种独特的颤音,掠过起伏的山脊,向云烟升腾的天空扩散,并在孔雀河翡翠般的河面、在冈底斯莲花座般的雪峰间荡来荡去……

白河流域几个码头

◎沈从文

白河便是历史上知名的酉水。白河到沅陵与沅水汇流后，便略显浑浊，有出山泉水的意思。若溯流而上，则三丈五丈的深潭清澈见底。深潭中为白日所映照，河底小小白石子，有花纹的玛瑙石子，全看得明明白白。水中游鱼来去，皆如浮在空气里。两岸多高山，山中多可以造纸的细竹，长年作深翠颜色，逼人眼目。近水人家多在桃杏花里，春天时只需注意，凡有桃花处必可沽酒。夏天则晒晾在日光下耀目的紫花布衣袴，可以作为人家所在的旗帜。秋冬来时，房屋在悬崖上的，滨水的，无不朗然入目，黄泥的墙，乌黑的瓦，位置却永远那么妥帖，且与四周环境极其调和，使人得到的印象非常愉快。（引自《边城》）

由沅陵沿白河上行三十里名"乌宿"，地方风景清奇秀美，古木丛竹，濒水极多。传说中的大酉洞即在附近。洞中高大宏敞，气象万千。但比起凤凰苗乡中的齐梁洞，内中平坦能容避难的人一万以上，就可知道大酉洞其所以著名，或系邻近开化较早的沅陵所致。白河中山水木石最美丽清奇的码头，应数王村，属永顺县管辖，且为永顺县货物出口地方。夹河高山，壁立拔峰。竹木青翠，岩石鼹黑。水深而清，鱼大如人。河岸两旁黛色庞大石头上，在晴朗冬天里，尚有野莺画眉鸟，从山谷中竹篁里飞出来,休息在石头上晒太阳,悠然自得啭唱悦耳的曲子,直到有船近身时,方从从容容一齐向林中飞去。水边还有许多不知名水鸟,身小轻捷,活泼快乐,或颈脖极红,如缚上一条彩色带子,或尾如扇子,花纹奇丽,鸣声都异常清脆。白日无事,平潭静寂,但见小渔船船舷船顶站满了沉默的黑色鱼鹰,缓缓向上游划去。傍山作屋,重重叠叠,如堆蒸糕,入目景象清而壮。一派清芬的影响,本县老诗人向伯翔的诗,因之也见得异常清壮。

白河多滩,凤滩、茨滩、绕鸡笼、三门、驼碑五个滩最著名。弄船人有两个口号:"凤滩茨滩不为凶,上面还有绕鸡笼。"上行船到两大滩时,有时得用两条竹纤,在两岸拉挽,船在河中小小溶口破浪逆流上行。绕鸡笼因多曲折石坎,下行船较麻烦,一不小心撞触河床中的大石,即成碎片,船上人必藉船板浮沉到下游三五里方能得救。三门附近山道名白鸡关,石壁插云,树身大如桌面,茅草高至二丈五尺以上。山中出虎豹,大白天可听到虎吼。

由三门水行七十里,到保靖县(过白鸡关陆行只有四十余里)。保靖是酉水流域过去土司之一所在地。酉水流域多洞穴,保靖濒河两个洞为最美丽知名。一在河南,离县城三里左右,名石楼洞。临长河,据悬崖,对河一山山上老松数列,错落布置,十分自然。景物清疏,有渐江和尚①画意。但洞穴内多人工铺排,并无可观。一在河北大山下面,和县城相对,名狮子洞。洞被庙宇掩着,庙宇又被老树大竹古藤掩着。洞口并不十分高大,进到里面去后,用火燎高照,既不见边,也不见

---

① 渐江和尚,即僧弘仁,字渐江,清初画家,笔墨瘦劲简洁,风格冷峭。

顶,才看出这洞穴何等宏敞阔大,令人吃惊。四面石壁白润如玉,地下铺满白色细砂。洞中还另有一小小天然道路,可上升到一个石屋里去。道路踏脚处带朱砂红斑,颜色极鲜艳。石屋中有石床石桌,似为昔日方士修炼住处。蝙蝠展翅约一尺长大,不知从何处求食。洞中既宽阔,又黑暗,必用三五个火燎烛照,由庙中人引导,视火燎燃到三分之二后,即寻路外出,不然恐迷路不易走出。火燎用枯竹枝作成,由守庙道士出卖给游洞者,点燃时枯竹枝在洞中爆炸,声音如枪响,如大雷公鞭炮响。洞中夏天有一小小泉水,水味甘美。水中还有小小鱼虾,到冬天时仅一空穴,鱼虾亦不知去处。

近城大山名杀鸡坡,一眼看去,山并不如何高大,但山下人有人上山时杀一鸡,等待人到山顶,山下人的鸡在锅中已熟了。因此名叫杀鸡坡。对河亦有一大山,名野猪坡,出野猪。坡上土地丛林和洞穴,为烧山种田人同野兽大蛇所割据。一到晚上,虎豹就傍近种田开山人家来吃小猪,从被咬去的小猪锐声叫喊里可以知道虎豹走去的方向。这大虫有时在大白天也昂头一吼,山谷响应许久。

种田人因此常常拿了刀矛火器,种种家伙,往树林山洞中去寻觅,用绳网捕捉大蛇,用毒烟设陷阱猎捕野兽。岭上最多的还是集群结伙蹂躏农产物成癖的野猪,喜欢偷吃山田中包谷白薯,为山民真正仇敌。正因为这个损害庄稼的仇敌太多,岭上人打锣击鼓猎野猪的事,也就成为一种常有的仪式,常有的娱乐了。

本地出好梨,皮色淡赭,味道香而甜,名"洋冬梨",皮较厚韧,因此极易保藏。产材质坚密的黄杨木,乡下人常常用绳索系身,悬空下垂到溪谷绝壁间,把黄杨木从高崖上砍下,每段锯成两尺长短,背负入城找求售主,同卖柴一样。碗口大的木料,在本地人眼中看来,十分平常。这种良好木材,照当地人习惯,多用来作筷子和天九牌。需要多,供给少,所以一部分就用柚子木充数。出大头菜,比龙山的略差。湘西大头菜应当数接近鄂西的边县龙山最好,颜色金黄,味道甜而香。出好茶叶,和邻近山城那个古丈县的茶叶比较,味道略淡。然而清醇之中,别有一种芬馥之气。陈家茶园在湘西实得风气之先,出品佳美,可惜数量不多,无从外运。

永绥县①离保靖四十五里。保靖县苗人居住较少。永绥县却大部分是苗人。逢场时交易十分热闹,猪、牛、羊、油、盐、铁器和农具,以至于一段木头,一根竹子,一个石臼,一撮火绒,无不可以买卖。大场坪中百物杂陈,五色缤纷,可谓奇观。石宏规是本县苗民中优秀分子之一,对苗民教育极热心,对苗民问题极熟习。一个大学毕业生,作了几次县长。

三个县份清中叶还由土司统治,土司既由世袭,永顺的姓向,保靖的姓彭,永绥的姓宋,到如今这三姓还为当地巨族。土司的统治已成过去,统治方法也不可考究了,除了许多大土堆通称土司坟,但留下一个传说尚能刺激人心,就是作土司的,除同宗外,对于此外任何人新婚都保有"初夜权",新妇应当送到土司府留下三天,代为除邪气,方能发还。也许就是这种原因,三姓方成为本地巨族。土司坟多,与《三国演义》曹操七十二个疑塚不无关系,与初夜权执行也有关系。

白河上游商业较大,水码头名"里耶"。川盐入湘,在这个地方上税。边地若干处桐油,都在这个码头集中。

---

① 永绥,即今花垣。

站在里耶河边高处，可望川湘鄂三省接壤的八面山，山如一个桶形，周围数百里，四面陡峭悬绝，只一条小路可以上下。上面一坦平阳，且有很好泉水，出产好米和杂粮，住了约一百户人家。若将两条山路塞断即与一切隔绝，俨然别有天地。过去二十年常为落草大王盘踞，不易攻打。惟上面无盐，所以不易久守。

白河上游分支数处，其一到龙山。龙山出好大头菜。山水清寒，鱼味旨美，六月不腐。水源出鄂西。其一河源在川东，湖南境到茶峒为止。因为这是湖南境最后一个水码头，小虽小，还有意思。这地方事实上虽与人十分陌生，可是说起来又好像十分熟习。这是从一个小说上摘引下来的。白河流域像这样的地方，似乎不止一处。

凭水倚山筑城，近山的一面，城墙如一条长蛇，缘山爬去。临水一面则在城外河边留出余地设码头，湾泊小小篷船，船下行时运桐油、青盐、染色用的倍子。上行则运棉花、棉纱以及布匹杂货同海味。贯串各个码头有一条河街，人家房子多一半着陆，一半在水，因为余地有限，那些房子莫不设吊脚楼。河中涨了春水，到水进街后，河街上人家，便各用长长的梯子，一端搭在房檐口，一端搭在城墙上，人人皆骂着嚷着，带了包袱、铺盖、米缸，从梯子上爬进城里去，水退时方又从城门口出城。水落特别猛一些，沿河吊脚楼，必有一处两处为水冲去，大家只在城头上呆望，受损失的也同样呆望，对于所受损失仿佛无话可说，与在自然安排下眼见其他无可挽救的不幸来时相似。涨水时在城上还可望着骤然展宽的河面，流水浩浩荡荡，随同山水从上流浮沉而来的有房子、牛、羊、大树。于是在水势较缓处税关趸船前面，便常常有人驾了小舢板，一见河心浮沉而来的是一匹牲畜、一段小木，或一只空船，船上有一个妇人或小孩哭喊的声音，便急急地把船桨去。在下游一些迎着那个目的物，把它用长绳系定，再向岸边桨去。这些勇敢的人，也爱利，也好义，同一般当地人相似。不拘救人救物，却同样在一种愉快冒险行为中做得十分敏捷勇敢。

城外河街也有商人落脚的客店，坐镇不动的理发馆。此外饭店、杂货铺、油行、盐栈、花衣庄，莫不各有地位，装点了这条河街。还有卖船上檀木活车、竹缆与锅罐铺子，介绍水手职业吃码头饭的人家。小饭店门前，常有煎得焦黄的鲤鱼豆腐，身上装饰了红辣椒丝，卧在浅口钵头里，钵旁大竹筒中插着大把红筷子，不拘谁个愿意花点钱，这人就可以傍了门前长案坐下来，抽出一双筷子到手上，那边一个眉毛扯得极细脸上擦了白粉的妇人，就走来问："要甜酒？要烧酒？"男子火焰高一点的，谐趣的，对内掌柜有点意思的，必装成生气似的说："吃甜酒？又不是小孩，还问人吃甜酒！"那么，酽冽的烧酒，从大瓮里用木滤子舀出，倒进土碗里，即刻就来到身边案桌上了。

大都市随了商务发达而产生的某种寄食者，因为商人同水手的需要，这小小边城河街，也居然有那么一群人，聚集在一些有吊脚楼的人家。这种妇人穿了假洋绸的衣服，印花布的裤子，把眉毛扯成一条细线，大大的发髻上敷了香味极浓俗的油类，白日里无事，就坐在门口做鞋子，在鞋尖上用红绿丝线挑绣双凤，或靠在临河窗口看水手起货，听水手爬桅子唱歌。到了晚间，却轮流接待商人同水手,切切实实尽一个妓女应尽的义务。

由于边地的风俗淳朴,便是作妓女,也永远那么浑厚,遇不相熟的主顾,做生意时得先交钱,再关门撒野。人既相熟后,钱便在可有可无之间了。妓女多靠商人维持生活,但恩情所结,却多在水手方面。感情好的,互相咬着嘴唇咬着颈脖发了誓,约好了"分手后各人不许胡闹"。四十天或五十天,在船上浮着的那一个,同在岸上蹲着的这一个,便同样呆着打发这一堆日子,尽把自己的心紧紧地缚定远远的一个人。尤其是妇人,痴到无可形容,男子过了约定时间不回来,做梦时,就常常梦船拢了岸,那一个人摇摇荡荡地从船跳板到了岸上,直向身边跑来。或日中有了疑心,则梦里必见男子在桅上向另一方面唱歌,却不理会自己。性格弱一点儿的,接着就在梦里投河吞鸦片烟,强一点的便手执菜刀,直向那水手奔去。他们生活虽那么同一般社会疏远,但是眼泪与欢乐,在一种爱憎得失间,揉进了这些人生活里时,也便同另外一片土地另外一些人相似,全个身心为那点爱憎所浸透,见寒作热,忘了一切。(引自《边城》)

1930 年 1 月 7 日在昆明野外校改

在福建游山玩水

◎施蛰存

　　抗战八年,我在昆明消磨了前三年。第四年来到福建,在南平、沙县、永安、长汀一带耽了五年,这些地方及附近的山水,都曾有过我的游踪。在昆明的时候,所谓游山,总是到太华寺、华亭寺、筇竹寺去看看;所谓玩水,总不外滇池泛舟,安宁温泉洗澡。到路南去看了一下石林,觉得苏州天平山的"万笏朝天",真是苏空头的浮夸。大理的"风花雪月"我无缘欣赏,非常遗憾。

　　到福建以后,照样游山玩水,但境界不同了。一般旅游者的游山玩水,其实都是瞻仰名胜古迹,游玩的对象并不是山水。我在昆明的游踪,也非例外。在福建,除了武夷之外,我的游踪所至,都不是什么名胜,因而我在福建的游山玩水,别是一种境界。我领会到,真会游山的人,最好不要去游名山。所谓名山,都是经营布置过的。山路平坦,汽车可以直达山顶。危险处都有安全设备,随处有供你休息的木椅石凳。旅游家花三十分钟就可以到处去兜一转,照几个相,兴致勃勃地下山来,自以为已经游过某某山了。我决不参加这样的游山组织。我要游无名之山。永安、长汀一带,没有名山胜迹,都是平凡的山岭,从来不见有成群结队"朝山进香"式的游客。山里永远是长林丰草,除了打柴采茶的山农以外,不见人迹;

除了鸟鸣蝉噪、风动泉流以外，不闻声息。我就喜欢在晴和的日子，独自一人，拖一支竹杖，到这些山里去散步。

要游无名之山，首先要学会走山路。山路有两种：一种是看得清的，一线蜿蜒，不生草木处，就是路。这种路，还可分为两种：一种是通的路，一种是不通的路。通的路是翻山越岭，引导你往别的城镇乡村去的，这是山里的官塘大路。不通的路是砍柴的樵夫、采茶的姑娘走成的，它们往往只有一段，有时也可能很长，你如果走上这种路，行行重行行，转过一片山崖，就忽然不见前路了。到这里，你好比走进了死胡同，只得转身退回。我在武夷山里，由于没有取得经验，屡次误走了采茶路。我的《武夷纪游诗》有两句道："误入龙窠采茶路，一溪横绝未施桥。"这可以说是我的一段游山备忘录。

另一种山路，其实还没有成为路，只是在丛林密箐中间，仿佛有那么一条通道，也许是野兽走过的，也许是熟悉山势的人偶尔穿越的捷径。这种山路当然较为难走，有时要手足并用，但它会使你得到意外的乐趣。例如，发现一座毁弃的山神庙，或者走到一个隐蔽的山洞口，万一遇到这种情况，你还是赶紧悄悄地退回为妙。

不管走什么路，目的都不是走路，而是游山。既是为了游山，则什么路都可以走，我并不预定要走到什么地方去，长的路、短的路，通的路、不通的路，反正都一样可走。走就是游，所以不应该一股劲地走去，应该走走停停，张张望望，坐坐歇歇。许多人游山，都把山顶或山中一些名胜古迹作为走的目标，走到那些地方，他们才开始了"游"。在走向那些地方去的路上，他们以为是走路，还没有游山呢。黄山天都峰，华山苍龙脊，都是险峻的山路，走那些路的人，全都战战兢兢，唯恐

"一失足成千古恨"。当此之时,谁也没有游山的心情,甚至没有走路的心情。韩愈登上华山绝顶,惊悸痛哭,无法下山。你想他当时的心情,离游山的趣味多远!所以我还要补充说:游山者千万不要自以为是登山队员。

我在福建的时候,就经常在平凡的山里随意闲走,认识各种树木,听听各种鸟鸣,找几个不知名的昆虫玩玩,鹧鸪和"山梁之雌"经常在我前面飞起,有时也碰到蛇,就用手杖或石块把它赶走。如果走到一座土地堂或山神庙里,就在供桌上拿起一副杯珓,卜个流年。一路走去,经常会碰到砍柴的、伐木的、掘毛笋的、采茶或采药的山农。本来可以和他们谈谈,无奈言语不通,只好彼此点头微笑,这就互相表达了感情。在长汀集市上经常看见一些侏儒。当地人说,在离城二十多里的山坞里有一个村落,是侏儒族聚居的地方,他们是古代闽越人的遗种。由于好奇,我曾按照人们指点的方向,在山径中迤逦行去。虽然没有寻到侏儒村,却使我这一次游山充满了浪漫主义的情调。我仿佛是在作一次人类学研究调查的旅行,沿路所见一切,至少都是秦汉以前的古物。

我以为这是真正的游山,但是说给别人听,人家都笑我呆气、迂气、眼界小。我也不作辩论,因为我无法使他们体会到我所感受到的乐趣。现在,回到上海已三十多年,大约我的眼界愈来愈小,我只能到复兴公园、桂林公园去游山了。在那里,看到外省来的游客,我常常想劝说他们回家乡去以后,在任何一个山里走走,比比看,是上海好,还是家乡好。不过,我估计到,他们一定说是上海的公园好,家乡的那些空山旷野,哪里是游玩的地方?因此,我终于没有开口。

现在,我要说到玩水。游西湖、太湖、玄武湖,是一种玩法;看雁荡大龙湫、黄果树瀑布、五泄,又是一种玩法;过巴东三峡,泛富春江,乘皇后轮横渡太平洋,又是一种玩法。但是,这一切,我说都是看水,而不是玩水。水依然是客观存在,没有侵入我的主观境界。水是水,我是我,双方的生命和感情,没有联系上。

福建有的是溪水,波澜壮阔。比较平衍的称为江;清浅的涧泉,合流于平阳的叫做溪;礁石森立,水势被激荡得奔雷滚鼓,万壑争流的谓之滩。福建的水,以溪为主;溪之胜,以滩为主。我初到福建,乘小轮船从福州到南平。第一段航程,在闽江中溯流而西,平平稳稳,不动人心。船停在水口,宿了一夜,次日晨起,航行不久,就进入溪滩领域。奔腾急注的白浪洪波,从乱石堆中冲刷过来,我们的船迂回曲折地迎着急流向前推进。既避过大漩涡,又闪过礁石。我站在船头,就像战争之神马尔斯站在他的战车上,指挥十万大军对更强大的敌人予以迎头痛击。经过七十二个险滩,宛如经过七十二次战役。船到南平城下,我走上码头的石阶,很像胜利者高举血迹斑斓的长剑在进行入城式。读者也许会讥笑我:"这是船的胜利,你不过是一个乘客,有何战绩?怎么可以篡夺船的胜利果实?"我说:"船是机器,它在各式各样的水中行进,都是没有思想感情的,指挥它和险滩战斗的是人。当然,主要是掌舵的人。我虽然不掌舵,但我的思想感情是和舵工完全一致的。"这就是我到福建以后第一次玩水,觉得极其壮美。

两年以后,我有机会从长汀乘船到上杭,又从上杭到峰市。几乎经历了汀江的全程。这一次乘的不是轮船,而是一种轻小的薄板船。它只能载客四五人,外加少量商货,篙师站在船头,船尾有艄公把舵。在第一程平衍的江流中,这条船漂漂泛泛，逐流而下，安闲得很。篙师和艄公都坐着吸烟喝茶，大有"春水船如天上坐"的情趣。但是，渐渐地，显然地势低了，水流急速了，远远地望见中流屹立着一块两块大石礁。篙师站起身来，用他那支长竹篙向左边石头上一拄，又掉过来向右边一块石脚上一撑，船就正确地从两个大石礁中间溜过。从此一路都是险滩，水面上的礁石如星罗棋布，还有水下的暗礁，也清晰可见。篙师挥舞着他的竹篙，艄公忽左忽右地转舵。江水分为几股从石门中夺流而出，船也从乱石缝中像飞箭一般射过。从上杭到峰市一段汀江，我简直不能想象它可以通航，但我实在坐过一叶小舟在这许多险绝人寰的乱滩中平安浮过。回想南平之行，竟是"灞上军如儿戏"了。

在福建各条水路上运货载客的这种小木船，有一句成语形容它们："纸船铁艄公。"船是轻薄如纸，而艄公则坚强如铁。这种船只要碰上一块礁石，立刻就粉身碎骨，然而很少有出事的，这就全靠高明的艄公。艄公熟悉水道和水势，他精确地转动着舵，船头上的篙师配合得非常巧妙。舵向左一转，船就避开了左边的礁石，向右驶去。看看要碰上右边的礁石了，篙师就冲着那块石头一拄，船头立即闪开，同时艄公又转舵向右，这条纸船就刚好从左右两块礁石中间擦过。只要偏差一寸二寸的距离，船就会砸碎。福建的篙师艄公，是了不起的人物。他们的绝技，今后怕会失传了，因为客、货已改从公路汽车或火车运输，险滩有许多已被炸平了。

武夷是溪山名胜，一道清浅的溪水，蜿蜒曲折地在群山间流过。这些山，被许多神话传说渲染得仿佛真有灵气。山与水结合成为一体，泛溪即是游山。如果说峰市之行是我生平最惊险的一次玩水，那么坐一条竹筏浮泛于武夷九曲中可以说是我生平最闲适的一次玩水。九曲水浅，不能行船，当地人用五个大毛竹扎成竹筏，他们叫做"排"，我想，应该写作"箄"。竹排上放一个小竹椅，给游客坐，篙师站在排尾撑篙。这种竹排恐怕只能载两个人，多一个人，排就沉了，大约是专为我这样独游客预备的。排在水里是半沉半浮的，我必须赤脚，穿一条短裤才行。我游九曲是在夏天，索性就只穿一件汗衫。竹排在山脚下曲折前进，一路都是悬崖绝壁，藤萝幽荫，林木葱茏。过仙掌峰，看虹桥板，颇有游仙之趣。时而听到各种鸟鸣，一朵朵小白花从空中落下，在水面上浮过。脚下是清澈的泉水，水底游鱼，鳞鳞可数。水色深黑处是潭，潭底据说有卧龙。我有时索性把两脚浸在水里，像鹅那样划水，这样一路玩到星村，结束了九曲之游。这一个上午，真是生平最闲适的一次玩水。陆放翁游九曲，只到六曲，就返回了。我不知道他当时打的是什么主意，也许是他没有仙缘吧？

夏秋之间，溪水暴涨，也很壮观。我在永安的时候，校舍在燕溪旁山坡上，是借用的民房。平时溪流清浅，而岸却很高，这就说明溪水可能涨到这个水位。有一天晚上，已是午夜，我被人声惊醒。起来一看，许多学生都在溪边。我也走过去，只看见平静的溪流，已变成汹涌的怒潮，像约束不住的奔马，从上游驰骤而来，发出凄厉的吼声。上游的木客，趁此机会放木，把无数大木头丢在水里，让它们逐流而去，一夜之间，可以运输六七十里。这些大木头在急流中横冲直撞，也有一种深沉的怪声。渡口的浮桥早已解散，有船的人家赶紧把船抬到岸上。在月光下，看这溪水暴涨的景象，也使我惊心动魄。不到一小时，水位已快要上岸来，像淮河那样泛滥成灾，但当地老百姓却并不着急，他们说这条溪水从来没有淹到房屋。你只要看溪边的房屋造在什么地方,就可以知道溪水可能涨到什么地方。但是,如果遇到百年未有的特大洪峰,那就不可估计了。

我是江南人,从来没有见过溪涨。到福建之后,才屡次见到。我自以为壮观,肯定被福建人哂笑,说我少见多怪,那也只好回答一声"惭愧"。不过,天下本来有许多伟大的、美丽的、杰出的事物,在司空见惯的人眼里,都是平凡的了。华盛顿的母亲,不知道她儿子有多么伟大,这也是一个例子。

1980 年 5 月 26 日

金汁河旧忆

◎于坚

我十六岁那年,到金汁河边一家工厂去当学徒工。记不得是哪一天,有一个个头矮小的工人自告奋勇,领我们去金汁河玩。"你们见过金汁河吧?"他望着远处,那儿有一条深黑的树林。他说话的神情,仿佛是在说伏尔加河或多瑙河一类的地方。他哼着《喀秋莎》,领我们朝河畔走去。这是1970年秋天。

金汁河,实际上只是一条年代久远的水渠。水渠的两岸,长着许多粗壮高大的柏树、桉树,郁郁森森,河两边,是稻田。远方的山冈,很矮。站在河岸上看日落,是极美丽的。这地方很安静,听不见工厂的声音,听得见麻雀的叫唤。它们忽大群地飞起,不高,忽地又全体扑进另一块稻田。河岸上是马车路,车辙已经很深,在夏季,里面常常积水,马车驶过,溅得行人一身泥浆。河水很清,穿过柏树林、桉树林,穿过田野,流向西南方的滇池。

我们一群人,站在桥上,望着带我们来的这个工人。他有些不知所措,也是站着,他不停地说:你们看,多美,多美。他发现我们木然地站着,就叫我们坐在桥的栏杆上。我们就一排地坐上去,在我们屁股下面,河水哗哗地响着。"我打拳给你们看。"他突然一蹲,拉开一个弓步,我们愣了一下,只见他忽而跃起，忽而伏地，忽而一收。就那么三下，完了。我们一言不发，也不笑。他拍拍裤子上的灰，说，"走，吃饭了。"太阳正在下沉，一个很大的橘子，很大。

后来我才知道，这个工人，是铸造车间的翻砂工。他的外号，叫"小老反"。他有一次在火柴盒上写"美丽的俄罗斯"被发现了，说是里通外国，反革命，因此被管制起来。过了不久，他就失踪了。他长得英俊，脸白，鼻梁高。据说他的父亲是留学生。

我们常常到金汁河边去，我们坐在河埂上吃中饭，朝河里撒尿，又在河里洗饭盒，洗脚。冬天，我们就晒太阳，睡觉。远远地听见上班的号响了，才懒懒地走回去。有的徒工开始相恋，两个人躲在一棵柏树后面，亲嘴，看不见人，只听见声音。金汁河的水总是很浅，脱了鞋就可以趟过去，上游的村庄里，有时会漂下来一头死猪，我们就很兴奋，追着它跑一阵，远了，又用石头去砸。

河岸有一块空地，是工厂倒煤渣的地方。每天一群农村孩子，守在那里，倒煤渣的车子一来，他们就扑上去，有一个女孩，十八岁，叫小猫。后来嫁给了倒煤渣的王吞，再也不捡煤渣了。

有一年冬天，下了很大的雪。老年人说，一辈子没见过这么大的雪。河边的柏树，被雪压弯了许多。第二天春天，一些树就死掉，只剩枯黑的树干，仍然站着，像是被烧断的手，叫人见了害怕。夜里，很少有人敢到河边去走。工人们聊天的时候，编了许多鬼怪故事，说是某棵树一到夜里，就变成一乘白轿子，抬了人就走。又说金汁河的桥上，有一个女人常常在月亮底下梳头，笑。只有农民的马车，深夜里照旧在河边上走，车轮子轧轧地响。

金汁河虽然浅,却也有人朝里面投河自杀。有一年,工厂批斗王丽珠,她和一个男人睡觉。厂里的民兵,把她拖到大门口,在她的脖子上挂了一只黄颜色的旧拖鞋。一大群工人,男男女女,围住她看。王丽珠,忽然一头撞开人群,朝着金汁河飞跑。人群也疯掉似的追着她跑,像出巢的马蜂。她一边跑一边乱叫,披头散发。她跑到河边,一头就栽下去,却淹不死。河水只有脚底板深,她一身泥浆,躺在河底大哭,翻来滚去。王丽珠,后来嫁给了那个男人。她是财校毕业的,是厂里的会计。

金汁河的源头,是松华坝水库。那里放水,河里就流水。那里关闸,河就干着。河干掉的时候,就看见河底尽是垃圾、废物。河边的人们,是什么都朝里面扔,朝里面倒的。只因为它养着昆明北郊的千顷良田,才没有被埋掉。河两边的田地,已被城市蚕食了不少,往昔宽阔的田园,现在已很小气了。落日,也不是落进山背后,而是掉进城市里,那地方,常常是灰乎乎的。我因此常常疑心,现在的太阳,怕是没有从前的亮了。只是金汁河,仍旧像往昔一样安静。农民多用了拖拉机,在柏油大道上突突驶过。河岸上的车辙,长满了荒草。

我离开煤机厂,已经十年。有时候,我还悄悄地到金汁河来,坐坐。我认识它的时候,才十六岁,我生命中许多美丽的日子,是在它旁边度过的。

1986 年

我的红河

◎沈静

　　有一条河，小得在台湾地图上找不到痕迹，在人们的口头上也鲜少提起，然而它曾经是蛮荒之王，在三百年前，河流两岸丛林密布，毒蛇出没，无人敢越雷池一步，连高山族都退避三舍。热带植物与鸟兽盘踞着这大片土地，而这条河流又统领了这股狂野的势力，它的河岸高耸，流水急湍，当热带性的大雨倾盆而下时，它就以磅礴的气势大肆泛滥，这条怒吼的河流使毒蛇更毒，丛林更密，它虎视眈眈，傲视人群也威胁人群。

　　后来以强悍著称的客族人征服了它，他们开拓了这块闽人不要、山胞不来的原始森林区，使恶山恶水变成美丽田园，使草莱之区变成台湾谷仓。就像是文明总是从一条河流开始，万丹、竹田、潮州一带的开发也是从这条河流开始，它划过屏东县的心脏地带，因此也变成全县的农业命脉，这条河有个极乡土的名字叫"五魁寮河"，五魁原是闽南话"苦瓜"的雅音，所以这条河应该叫做"苦瓜河"。

　　如今我又来到苦瓜河畔，河水静静地流着，夕阳将河水染成橙红色，显到富丽多姿，两岸的椰子树槟榔树为南国的天空增添一份旖旎的风情。苦瓜河的野性已消沉，昔日的蛮荒之王已经变成一个含情脉脉的少女，低低地诉说百年来的沧桑。四周是那样宁静，宁静得让你连一丝杂念也不许拥有，这条已被征服的河流现在平凡得跟其他河流并无两样,但它在我的眼中,美丽得超乎一切之上,因为它是我的家乡之水,家乡之土,而我已有好久好久不曾靠近它了。

此刻我终于又紧紧地靠近它,脚踏的是故园的草地,眼见的是水之光水之色,靠近它,我又触摸到大地原始的脉动;靠近它,我仿佛听到丛林中野性的召唤,靠近它,我便想放弃,放弃一身之所有。我想如果我终年终日与它相对,第一天我会放弃烦恼,第二天放弃知识,第三天放弃爱情,第四天放弃肉体,最后连灵魂都一并放弃了。是的,当你望着这条河流,你的热情会不断地向它倾倒,你日日干涸,它日日丰盈。

我不能忘记初见这条河流心灵所受的震撼,那是在十几年前,一个朋友神秘兮兮地说要带我去一个神奇的地方,我跟着他骑脚踏车来到河堤旁的小路,高大的河堤挡住视线,什么也看不到,我笑说没什么嘛,对这次探险有点意兴阑珊。可是当我爬上河堤时,青翠的稻田向天边无尽地伸展,清澈的流水安详地平铺在草原之间,它有一股慑人的宁静力量,让你无限缩小,而它无限扩大。不知是劲风的摇撼,或是美中之美,力中之力的侵袭,我不由自主地轻颤,沿着河堤向前走去,觉得自己走入绿里,走入水里,走入冥冥的大化里,再也走不出来。从那时起,我确信这是属于我的河流,而我也是属于它的。

再度站在河堤上,我又被它的美征服,沿着河堤向铁桥的方向走,任微风轻轻阻挡我的去路,唯有槟榔花甜甜的幽香导我前行。河堤上有许多像我一样的沉思者,那里有几个年轻人在静静垂钓,这里有一个老妇人撩高了裙子,露出光光的腿在河堤上盘坐着,她也望着河水沉思默想,连戏水的水牛看来也若有所思。你得向河流学会沉思,只有它知道以平静的力量去制伏潜在的狂潮，又以汹涌的狂潮去打破平静。

眼前的秀山丽水很难令我怀想莽林深谷，咆哮怒涛的过去。那时大自然尚在剧烈的活动中，兽突鸟飞，雷轰电闪，垦荒的先民在山林旷野中奔逐求生，当他们第一次看见这条河流，是否也同我一样战栗不已？当他们的木伐翻滚在狂涛中，心中可有畏惧？当他们用简陋的工具披荆斩棘，是否怀念彼岸的田园？

他们写下的历史应该不逊于美国西部拓荒，因为那时高屏地区是台湾最晚开发的地带，这里地旷人稀，气候湿热难耐，丛林里瘴疠肆虐，热带疾病比猛虎还骇人，除了地理环境的恶劣，还得应付异族之间的土地争夺战，可以想见当时生活之艰难。

而我的祖先亦在其中，他们漂洋渡海而来，将脚步深深踏入异乡的泥土中，用血泪去浇灌田园，先是砍茅草拾石块，建造草房以供安居，然后生活改善住进砖房，最后起了高楼。而我亦在其中，这里的一草一木跟我有何其深的关联？

三百年的开拓，农村渐渐繁荣，生活渐渐安适，已经没有再提起艰辛的过去，三百年的演变如今只留下一些鬼神的奇谈与森林的种种传说。我的童年是与鬼神为伍的，如果你的家里还有毒蛇蜈蚣出没，大人拜月拜神拜树又拜鬼，你自然会对一草一木抱着敬畏的心理。而人们也互相恐吓不得随便进入森林里，几十年前潮州一带还残存几座原始森林，那里是村人的禁区。

据说我的舅公以胆大著名，有一次不信邪跑进森林探险，结果在小溪里发现一种从未见过的鱼，美丽得出奇，但是舅公的手一伸入水中，马上就消失了，如此一试再试，舅公弄得毛骨悚然,拔腿就跑,接着一头撞到一个像榕树那样巨大的人,对他狰狞地笑着,舅公吓得魂都失了,跑回来之后好几天不会讲话,据说他碰到的是树神。

我不知道舅公的遭遇是真是假,不过从这里可以看出,人仍然对森林抱着恐惧,这是人类征服大自然的过程中所埋下的原始信仰。现在这些树林快砍光了,神鬼神秘的烟雾慢慢消失,而人也渐渐失去生命的锐气和美丽的想象。我之所以被这条河吸引,大概也是在追寻这些久远的记忆,它的召唤好像是从林里的鼓声,澎澎而来,令我心欲飞,我身欲舞。

文明对于乡村的洗礼仍不能消除这里的粗犷气息,南国是属于树不属于花的世界,花朵太娇弱,撑不着亮丽的天空和炙热的阳光,唯有高大的椰林和大片的草原才能与广天阔地相称。这里的景物不如东部的山水奇险,亦不似中北部的风光秀致,它一如心胸坦荡的稚子,以无比的热情拥抱明净的天空。

自从回到家乡,我几乎日日来到这河畔,来到这里什么也不必做,只是静静地看着河水静静地流,望着它,我荏弱的情绪被一种刚硬的意志所取代,而个人的悲喜也被清流冲淡。我甚至不敢将手脚伸入水中,唯恐惊动了它。这是一条不可侵犯的河流,它的水流急湍不可行船,又清浅无物可藏,它不像大江大河可以吐纳千万船只,包容鱼虾,然而又不可深恨,因为它不像黄河几度决堤几度改道,变成历史的公敌,它只是一条驯化的河流,无大利亦无大害,当然它也偶尔泛滥,却不致造成大的灾害。

在河堤的尽头我找到一个石碇,看来十分陈旧,立碇时间却是在三十年前,上面的字迹还模糊可辨,大的字写着"彰功碰",小的字是一长串四个字的成语,无非在诉说这条河流的劣迹,立碰的目的是因为河水屡次泛滥淹没农田,村人集资兴建河堤,并表彰这项功绩。在最后一排立碰人名中,我居然找到祖父的名字,那么我的家人也曾经深受其害,才立意要制止它。

但是这些都已成为过去了,经过三十年的演变,这条河流柔和得一如少女,连这个"彰功碰"也快被杂草淹没。你不能再恨它了,尤其近年来农田大量取水灌溉,泥沙淤积,河床缩小许多,它已不能再发威,只能让你观赏,让你怀念。

就像在我离家的日子里,尤其无眠的夜晚,脑海里浮现映着霞光红红的河水,那是我的红河,我的血河在向我招手。这时我在外自以为是的成就一下子化为云烟,我的心路历程也不如自己所想的那样曲折,只知道我是河畔之民,田园之子,再多的钻营也不能使我更富足,再多的阅历也不能使我更干练。我的生命一如这条河流单纯而宁静,只要拥有这条河流,我便能拥有一个纯真自足的世界。

太阳已下山,天色渐渐昏暗,是该离去的时刻了。我再度环顾周围的景物,然后步下河堤,远远看见我的脚踏车停在高大的椰子树下,显得十分孤单,我跨上脚踏车,信心十足地往前行。不管此去多少风波,也不管沧海桑田人事多变,也许这条河流很快就会干涸。但是我会告诉后人,在南方的一个小镇有一条河,曾经威胁过我,危害过我,又曾经富庶田园,创造了文明,最后隐入大地,将繁华给予了人间。

小镇那条河

◎邓洪平

　　小镇有两条河。一条紧依小镇,一条穿镇而过。两条河上各横跨一座石拱桥。两桥之间有一条石板街。一桥将石板街对岸的几条小街连成一气;一桥将石板街对岸的庄稼地连成一片。最注目的是石板街与两条平行南流的小河恰好在小镇构成一个大写的"工"字。我家住在石板街尽头,紧傍石拱桥,紧靠那条与小镇相依的小河。

　　那是一条生命的河。初春,岸边的麻柳因它的流动,而从冬天的冷壳里孵化出蛋似的嫩黄来,接着魔幻似的变成了浅绿,深绿,尔后终于成了浓萌,为本来就绿绿的春水,投下几分催绿剂,使它陡地变成了森林诗行,绿得酽酽的,有了诗的音韵、节奏和自由奔放。那时,穿着开裆裤的我,喜欢独坐门槛上,默默地读着那首费解的诗,乃至天气转暖,光着屁股投进那溅着银色水花的绿波里,也还是读不懂。虽然如此,它却给了我一个倔强的脾气:凡不懂的书偏要去读,凡不懂的事偏要去问去做。

　　河边上有红色的沙滩,紧依沙滩的地方便是由浅到深的翠绿草地。下午,小镇的男女孩子先到河边捡石子,后到沙滩上"打沙仗",玩累了,便满脸"硝烟",一身"弹痕",跑到草地上"和平谈判"——成功了,便在草地上欢呼胜利——躺在那厚厚的绿毯上打起滚来。有时,女孩子骑在男孩子背上学习"骑牛牛";男孩子骑在女孩子背上学习"骑马马"。也许"人之初"的确是两小无嫌猜,而到了"人之大","人之老",男女之间便有了一条人为的界河,将本来连在一起的美好的心灵,血淋淋地分成两半。这是谁之罪呢?我诅咒那条人为的界河,无论如何也忘却不了小镇那条给我一片沙滩,一片草地的小河。它不仅给了我一首费解的液态诗,同时也给了我两只同样费解的固态歌。

小河弯弯曲曲的,极似一条青竹蛇,但不知它从哪座山流来,最后流到哪里去,只知它很美丽,一年四季唱着一首古老动听的歌,从我家旁流过,从我幼小的心上淌过,并在那里卷起很多很多感情的漩涡。河两岸有很多无名的杂树,还有一丛丛带刺的红玫瑰、白玫瑰。记得发蒙那年春天,上学才一个月,像一头刚套上绳子的小牛犊乱蹦乱跳的,总想挣脱那套绳。于是便和隔房的小哥相约,躲到河边那丛玫瑰里——逃学!其实那滋味并不好受,一是担惊受怕被大人发现;二是寂寞不敢动弹,稍一动弹便被玫瑰刺得生疼,甚而至于留下一道血口。于是我俩只能相对无言,缩在玫瑰丛里听小河歌唱,春鸟啁啾。后来,终于被河边洗衣的女邻居发现,于是母亲赶来,牵着我的小耳朵,骂着罚我跪到"天地君亲师"神龛面前,边打边数落逃学的坏处。从此,我便告别了河边那丛玫瑰花,再见了!我的红玫瑰。然而直到大学毕业,它仍然在我的记忆里枝蔓婆娑,馥郁芬芳。

桥头有一株不知栽于何年的黄桷树,腰身粗壮,数人也难合围,分枝长大,四边抓拿,极似殿堂里的千手观音。春夏秋冬,桥上行人和桥下洗衣女,皆从"观音"的慈祥里得到绿的荫凉,得到水涨无船也无愁的福音。水桥树三位一体,紧紧相依,俨然是亲密的一家子。从能记事的日子里,我便在黄桷树上爬上爬下,有时竟敢从拱桥跳上粗大的树枝,又从树枝跳上拱桥。一次不小心,居然失足落入桥下深深的绿水里,溅起一阵胆怯的白浪花,免不了又得到母亲一阵爱护的骂。说真的,我是在故乡的绿水里泡大的,是被故乡的拱桥、绿树抱大的。

不知何年的夏天,风狂雨骤,两条河水同时猛涨,将石板铺的小街浸泡于汪洋之中。我们全家人站在方桌上,见混浊的洪水漫进屋来,渐渐地淹了方桌,便向危楼上躲,那心情极似末日来临,只待滚滚滔滔的洪水张着血盆大口,为我们唱一支极不愿听的葬歌。后来,也许是由于命运的安排或本该如此,突然,风停雨住,洪水呼天号地地退却了。我们怀着忐忑不安的心情,借退却的洪水冲洗掉屋里屋外和石板街上的淤泥,使石板街恢复了平静。然而最不平静的是,我家旁边的石拱桥被洪水冲垮了! 开始,小镇的人络绎不绝地闻声赶到河边,或议论,或沉默,仿佛为石桥的不幸而哀悼祈祷。后来,那石桥渐渐地在小镇被淡化,没隔几年,那曾经甘愿被人踏着过河的石桥残骸竟被过河人盗作屋基,这不能不是故乡的一大悲哀。更悲哀的是,也许是出于愤然,也许是又一河洪水的逞威,桥头的那株黄桷树居然也倒下了——横跨河上,成了天然的独木桥。没隔几年,那桥身渐渐腐烂了,那残骸最后也成了过河人烹煮的柴薪。小河从此失去了绿荫和欢笑,日夜唱着一首哀伤的歌。然而我的心并不哀伤,只绞痛。绞痛的是我对故乡的一份思念,一份爱,一份历尽千辛万苦的祷告。

十多年前,小镇那条河面上筑起了一座水泥平桥。母亲为此很欣喜,在桥头旁栽了一丛竹荫。小河从此又有了生气,有了一只用绿色音符谱就的新歌。接着,沿岸的新房一年一年增多,过桥人的草鞋变成了皮鞋、车轮。过桥人的眼神充满了自信和坦荡。设若有一天那平桥被洪水冲垮了,也许那眼神也总是平视着前方,或仰望天空,至于那垮掉的桥身嘛——惋惜,敬佩,架个新的,来个堂而皇之的。

真遗憾,小河上游不知何年却建起了一座芒硝厂,常有煤炭渣倒入小河,炭渣像黑色的幽灵,日日夜夜浮于水面上,将平静的小河缠得不平静,并使它的河床淤塞,在那新歌里灌进了不少恶魔的杂音。虽然相隔很远很远,那黑色的炭渣常漂进我的梦里,搅得我夜不能寐,在心岸又郁结了一份隐隐的痛,一份新的思念,新的爱,当然是对于小镇那条河。

故乡的蓝蓝的溪啊……

◎黄文山

　　窗上琤然有声,像是一只柔和的手指在轻快地叩打着琴键,顿时一股微微的寒意传过全身。啊,春雨又下了! 我推开窗扉:屋外是一个多么好的雨夜! 城市的万家灯火全裹在一帘霏细的雨雾中,变得朦朦胧胧。四围寂寥无声,只有春雨沙沙地响着。我的心变得格外空旷、宁静。然而,一种思乡之情也在春雨中潜滋暗长,悄悄地爬满心头,变得越来越强烈了。

　　故乡是一座傍山的村庄,形状像个棋盘,被蜿蜒西来的山溪巧妙地分成两半;两边各有一爿绿茸茸的竹山,隔溪相峙,恰像两位纹枰对坐的老人。山乡多雨。每当春天飘起淡蓝色的雨丝,竹林里就落满了动听的声音,像一支韵味无穷的乐曲,流入我童年的梦中。但那毕竟是大自然的声音,在我们这偏僻的山村,枉有满山青竹,调丝弄弦的人却很少。唯有一处箫声最入耳,那是从附近水文站的小竹屋里飘出来的。吹箫的是一位姓江的小伙子,高高壮壮的个头,眉毛又粗又黑,厚厚的嘴唇,话儿不多,只爱掇弄一根竹箫,吹来令人柔肠百转。尤其是当静谧的雨晨抑或朦胧的月夕,箫声变得十分清亮,像一道活泼泼的流水,轻轻地翻卷而去。有时音调一转,又变得呜呜咽咽,沉沉如诉,好像箫音里藏着一种很深的忧愁。每当这时,我那年已垂暮的祖母总会叹一口气,两手索索地抖着从木柜里掏出几把栗子干或炒花生,让我送去给小江。也真怪,小江只要一看见祖母送来的食物,便会歉然地放下竹箫。这令我心里十分纳罕。

水文站离村子不远,隐在一片幽篁中,环境十分清静。十数道石阶从竹林里迤逦伸向溪岸,直浸入碧粼粼的溪水。溪水绿得发蓝,像是春雨从竹林里洗下来的色彩。溪边泊着一只色彩十分艳丽的水文船——也是这条不能通航的溪里唯一的船。晴日里,那小船静静地卧在水中,好像沉沉入睡的摇篮,任凭波摇浪撼。我最感兴趣的却是看小江撑船,长长的竹篙在溪面点出一个个笑涡,船头剪开波浪,轻巧地滑过水面。而那往往是在雨季涨水时节。

故乡的雨季是最迷人的。绵密的春雨像一袭轻纱终日笼着村庄和竹山。几场雨后,笋尖纷纷顶破了土,一丛丛黄灿灿的,像是土地开了花。没几天工夫,它们已经挤开箨衣,蹿起两人多高,周身蓝莹莹的,还抹着一层薄薄的银粉,怪喜人的。雨帘长挂着,竹林里渐渐盛不住了,春水溢出来漫坡淌着,从高高的崖豁口跌落,沿着盘山的蹬道泻流。于是溪面陡然变宽,布满了一串串令人目眩的漩涡,滩鸣声也一阵紧似一阵。

这时候,祖母对我的看管变得严厉起来了,不再让我到溪边去玩。只是有时例外。那往往是当淫雨稍歇、偶露晴光的日子,祖母会让我一块用竹竿颤悠悠地抬着盛满衣裳的水桶,到附近水文站的船码头去洗刷。码头两侧插着几根木柱子,柱子漆成白色,上面画着一道道红线,小江说那是测量水位的标志。祖母在洗衣裳的时候,我喜欢坐在石阶上入神地看着波浪怎样吞噬掉那一道又一道红线。这时,小江总是待在溪边或船上,脸色严峻,眉毛拧做一堆,显得更黑更粗了。他不时把水淋淋的标尺插到溪里,然后在本子上作记录。我知道小江的工作关系到下游城市的安全,他要随时测量水位,报告汛情……他是那样专注于自己的工作,旁若无人,可又不尽然。每当祖母刚刚漂好衣裳,他就会不声不响地走过来,伸出那双粗壮的手,三把两把就给挤干了,然后又默默地走开。

　　暮春时节,雨季演到了高潮,暴雨夹带着雷电轰隆隆地降临。故乡是有名的"雷击区",据说是那儿地下有一个磁场的缘故。一个气势煊赫的雨夜,一串接一串炸雷震得屋瓦战栗。我从睡梦中惊醒,看见祖母打开临溪的木窗,向外张望着。强烈的电光不时映闪着她干皱的脸,狂风吹乱了她雪白的鬓发。我赤着脚跳下床,大声叫唤着跑到她的身旁。祖母紧紧地搂住我,口里轻轻地念叨着:"保佑小江的船,千万别出事啊!"我踮起脚跟,探头窗外,不禁倒抽了一口冷气。借着电闪的光亮,我看见溪水变得多么可怕!雨鞭猛烈地抽打着溪水,溪水暴怒地吼叫着。一堆堆黑色的浪头在江心急剧地翻滚。忽然,浪头中钻出一只小船,船上现出一个摇摇晃晃的身影,他正吃力地撑着竹篙,身上湿淋淋的雨衣不时飘起。巨雷好像就在他头上炸响,一团团火球从船头掠过,扑进江心……我紧张得心都要跳出嗓子眼儿。许久,许久,祖母才哆嗦着关窗子。我们都睡不着。我问祖母:"这么大的雨,他怎么还不回去?"过了好一会儿,祖母才这样对我说:"等你长大了,参加了工作,也许就会明白了。"就在那一夜,祖母断断续续地告诉了我许多有关小江的事。

那是五年前,有几位水文工作者来这一带山区踏勘,筹建水文站。一位年轻小伙子自愿留了下来,他就是小江。他多么喜欢这儿的青山翠竹,喜欢这条流满了竹影的清溪,喜欢这富有斗争乐趣的工作。他选中了溪边的一片竹林,亲手盖起一座漂亮的竹屋,他说他愿意在这里住上一辈子。小伙子有一位正在热恋的姑娘,是他的远房表妹,单名叫霞。他曾带点夸耀地让祖母看过她的照片,那是个大眼睛的漂亮的姑娘。小江还喜滋滋地告诉了他们预定的婚期。这个日子快到了,祖母和村里的人都高兴地忙着为小江张罗婚事,用最纯的糯米酿成红酒。用最好的楠木制作新床。可是就在这时,表妹来了一封信,说是家里人不同意她到山区生活,要小江设法调回城市再办婚事。然而小江怎么能离开自己立志献身的事业,怎么能离开这儿的青山绿水? 他不能够呀! 他给表妹写了一封又一封长信,深情地呼唤她上来,可是没有得到回音。他变得沉默、忧郁了,常常望着面前的流水出神。表妹就住在江之尾的一座城市里。他盼望着有一天,他心爱的霞妹会翩然来到他的身边。他等啊,盼啊,一天一天过去了,可是他的霞妹,终于没有上来。祖母对他说,别等你的霞妹了,你说吧,只要是村里的姑娘,你喜欢哪一个,我给你说去。但小江只是摇头。他砍下一根青竹,做成竹箫,呜呜地吹着,让满含情意的箫音融入一溪东去的流水。

　　说到这里,祖母喟然叹息了。我这才知道,原来人世间还有这样伤心的事。那一夜,我梦见自己长大了,撑着水文船,涉溪过滩,把小江的表妹接了上来。第二天梦醒后,我还为此惆怅了好久好久。

　　过了些日子,祖母竟遽然离开人世,连同她那颗善良的心。我也被父母接到城里读书。谁知这故乡一别，就是二十多个春秋！这些年，故乡的人和事大多淡忘了，只有那一只孤零零的水文船间或还在脑海里浮动，但我已经无从知道小江后来的情况了。

不久前，一个偶然的机缘，我到闽北出差。办完事忽然萌生了念头，特地拐到故乡。这，只不过是想温习一番童年的梦。少小离家老大回，故乡早就人事皆非了。村边那两爿绿蒙蒙的竹林竟也如神话里弈棋的仙翁，不知何时飘然而逝。山已改成了茶园，溪里也新长出了一座洞箫似的长桥。我信步转悠着，多么想能再听到那还颤动在记忆里的箫声。我纵目寻找那间小竹屋，可是，也和竹林一块消失了。但在那原址上却出现了一座两层的灰色楼房，我猜测，那应该是新建的水文站吧！果然，就在附近，在溪流转弯的地方，我看见了那只熟悉的旧的水文船，不过好像变小了，油漆也已经斑驳脱落了。够了，我用不着再继续寻找了。我想，既然故乡还有水文站，就一定会有小江在的，一定会的！

行色匆匆，我甚至没能够走进村子，去看看小时候的住屋，再开开那临溪的木窗……但我的心里却好像得到了一种很大的满足，那遥远的如梦一样的缥缈的故乡一下变得近了，变得实在了，连同那一个个潇潇的春雨之夜……

窗外，雨声更响了。我静静地听着，不知为什么竟觉得雨声里像有一只洞箫在婉转地吹着，箫音从远方不断地飘来，充溢了我的心房。我抬起头来，眺望着。面前只有一片茫茫的雨雾。无数灯光在雨雾里闪闪烁烁，令人想见灯光里面一个个温暖的家。我不知道哪一盏灯下住着小江热爱过的霞妹，我不知道她在这样的雨夜，会不会想到大江上游的那条蓝蓝的山溪和那个小小的水文站……

掩上窗,又有了刚才那玎珰的响声,此时听起来好像那只柔和的手指正叩打在我的心上。

啊,今夜满枕是雨声,我会不会再做一个童年那样美好的梦?

黄河之水天上来

◎杨朔

　　唐朝诗人李白曾经写过这样的诗句："黄河之水天上来，奔流到海不复回。"意思是说事物一旦消逝，历史就不会再重复。但还是让我们稍稍回忆一下历史吧。千万年来，黄河波浪滔滔，孕育着中国的文化，灌溉着中国的历史，好像是母亲的奶汁。可是黄河并不驯服，从古到今，动不动便溢出河道，泛滥得一片汪洋。我们的祖先在历史的黎明期便幻想出一个神话式的人物，叫大禹。说是当年洪水泛滥，大禹本着忘我的精神，三过家门而不入，终于治好水患。河南和山西交界处有座三门峡，在这个极险的山峡中间，河水从三条峡口奔腾而出，真像千军万马似的，吼出一片杀声。传说这座三门峡就是大禹用鬼斧神工开凿的。

　　其实大禹并没能治好黄河，而像大禹那种神话式的人物却真正出现在今天的中国历史上了。不妨到三门峡去看看，在那本来荒荒凉凉的黄河两岸，甚而在那有名的"中流砥柱"的岩石上面，你处处可以看见工人、技术员、工程师，正在十分紧张地建设着三门峡水利枢纽工程。这是个伟大的征服黄河的计划，从一九五七年四月间便正式动工，将来水库修成，不但黄河下游可以避免洪水的灾害，还能大量发电，灌溉几千万亩庄稼，并且使黄河下游变成一条现代化的航运河流。工程是极其艰巨的,然而我们有人民。人民的力量集合在一起,就能发挥出比大禹还强百倍的神力,最终征服黄河。

我们不是已经胜利地征服了长江么?长江是中国最大最长的一条河流,横贯在中国的腹部,把中国切断成南北两半,素来号称不可逾越的"天堑"。好几年前,有一回我到武汉,赶上秋雨新晴,天上出现一道彩虹。我陪着一位外国诗人爬到长江南岸的黄鹤楼旧址上,望着茫茫的长江,那位诗人忽然笑着说:"如果天上的彩虹落到江面上,我们就可以踏着彩虹过江去了。"

今天,我多么盼望着那位外国诗人能到长江看看啊。彩虹果然落到江面上来了。这就是新近刚刚架起来的长江大桥。这座桥有一千六百多米长,上下两层:上层是公路桥面,可以容纳六辆汽车并排通过;下层是铺设双轨的复线铁道,铁道两侧还有人行道。从大桥的艰巨性和复杂性而论,在全世界也是数得上的。有了这座桥,从此大江南北,一线贯穿,再也不存在所谓长江天堑了。你如果登上离江面三十五米多高的公路桥面,纵目一望,滚滚长江,尽在眼底。

我国的江河,大小千百条,却有一个规律,都往东流,最终流入大海里去——这叫作"万水朝宗"。我望着长江,想到黄河,一时间眼底涌现出更多的河流,翻腾澎湃,正像万河朝宗似的齐奔着一个方向流去——那就是我们正在建设得像大海一样深广的社会主义事业。

在祖国西北部的戈壁滩上,就有无数条石油的河流。这些河流不在地面,却在地下。只要你把耳朵贴到油管子上,就能听到石油掀起的波浪声。采油工人走进荒无人烟的祁连山深处,只有黄羊野马做伴,整年累月钻井采油。他们曾经笑着对我说:"我们要把戈壁滩打透,祁连山打通,让石油像河一样流。"石油果然就像河一样,从遥远的西北流向全国。

我也曾多次看见过钢铁的洪流。在那一刻,当炼钢炉打开,钢水喷出来时,我觉得自己的心都燃烧起来。这简直不是钢,而是火。那股火的洪流闪亮闪亮,映得每个炼钢手浑身上下红彤彤的。这时有个青年炼钢手立在我的身边,眼睛注视着火红的钢水,嘴里不知咕哝什么。我笑着问道:"同志,你叽咕什么?"那青年叫我问得不好意思起来,笑着扭过脸去。对面一个老工人说:"嘻,快别问啦,人家是对自己心爱的人说情话,怎么叫你偷听了去?"接着又说,"这孩子,简直着迷啦,说梦话也是钢呀钢的,只想缩短炼钢的时间。"我懂得这些炼钢手的心情。他们爱钢,更爱我们的事业。他们知道每炉钢水炼出来,会变成什么。

会变成钢锭,会变成电镐,会变成各式各样的机器……还会变成汽车。

看吧,那不是长春汽车制造厂新出的解放牌卡车?汽车正织成另一条河流,满载着五光十色的内地物资,滔滔不绝地跑在近年来刚修成的康藏公路上。凉秋九月,康藏高原上西风飒飒,寒意十足。司机们开着车子,望着秋草中间雪白的羊群,望着羊群中间飘动着彩色长袍的藏族姑娘,不禁要想起汽车头一回开到高原的情形。以往几千年,这一带山岭阻塞,十分荒寒。人民解放军冒着千辛万苦,开山辟路,最后修成这条号称"金桥"的公路。汽车来了。当地的藏族居民几时见过这种轰隆轰隆叫着的怪物?汽车半路停下,他们先是远远望着,慢慢围到跟前,前后左右摸起来。一个老牧人端量着汽车头,装作蛮内行的样子说:"哎!哎!这物件,一天得吃多少草啊。"可是今天,他们对汽车早看熟了。就连羊群也司空见惯,听凭汽车呜呜叫着从旁边驶过去,照样埋着头吃草。

年轻人总是想望幸福的。一瞟见草原上飘舞着的藏族牧女的彩衣,汽车司机小李的心头难免要飘起另一件花衫子。天高气爽,在他的家乡北京,正该是秋收的季节。小李恍惚看见在一片黄茏茏的谷子地里,自己心爱的姑娘正杂在集体农民当间,飞快地割着谷子。割累了,那姑娘直起腰,掏出手绢擦着脸上的汗,笑嘻嘻地望着远方……其实小李完全想错了。再过两天就是国庆节,他心爱的姑娘正跟几个女伴坐在院里,剪纸着色,别出心裁地扎着奇巧的花朵,准备进城去参加游行。

在国庆节那天,她擎着花朵到北京来了,许许多多人也都来了。从长江来的,从黄河来的,从全国各个角落来的,应有尽有。这数不尽的人群汇合成一条急流,真像黄河之水天上来,浩浩荡荡涌向天安门去。我觉得,每个人都可以跟传说中的神话人物大禹媲美。

1957 年

大江逆行

◎张抗抗

墨迹

一条墨迹斑斑的大江,从天边来,到天边去。

岸是白色,水是黑色;岸是绿色,水是黑色;岸是金色,水是黑色;它一路走,一路用自己碾磨的墨汁,写着墨迹斑斑的历史。

它的父亲是灰色的山岩,它的母亲是褐色的泥土;灰与褐调成了黑色。它从上游峻峭的石砬子下来。

它的父亲是高高天上金红的太阳,母亲是茫茫旷野上蓝莹莹的冰雪。太阳拥抱了冰雪,橙与蓝生成了黄色。它从上游坦荡的雪原上来。

它的父亲是猎人红红的篝火,它的母亲是山谷中绿色的帐篷。篝火照亮山谷的时候,人们发现了它。它从上游密密的森林中来。

它撞开石砬子,穿越雪原,绕过森林——自由自在地兜着圈子,在江叉里留下一个个迷人的崴子与小岛。几千年几百年来它以这弯弯曲曲的江道显示自己风采,吸引了多少垦荒者神往的目光。

如今若是有人坐船从那灌木葳蕤的江湾里西行,望望天,望望水,便迷惑起来——太阳怎么落到身后了? 这是往哪儿?

它便咯咯地乐,咬牙切齿地乐——记住了这是条无可奈何的回头路。你必须走主航道,小岛在主航道我侧;你不想同太阳捉迷藏,就白白地将那小岛拱手相让了。

除了那时常迷失方向的太阳,还有那些钉在它身上的红红白白的浮标,还有巡逻艇、瞭望塔……总使它感觉到被肢解、被分割的耻辱。都说水是无法切分的,可它就摆脱不了那种被剖开后,又重新拼接起来的羞愧。好像它是一双鞋、一双手套,走同一条路、为同一个人,似乎是一个整体,却明明又貌合神离。从什么时候开始,那些汲取它的江水灌溉土地的人,那些造了船让它推着走的人,那些隔江相望嬉戏游泳的人,变得这样互相仇恨? 它总为这仇恨觉着隐隐的不安——因为他们似乎因争夺它而仇恨,仇恨中又似乎对它爱得越发痴迷,把它爱成了一条人迹罕至的孤独寂寞的江,一条没有电站大坝江桥水运的无能的江,一条连太阳都经常站错位置的混混沌沌的大江。

它好悲哀。

于是它常常闭上眼睛。它的眼前黑黑。人们看它也黑黑。

于是它常常沉默,缩在它的冰雪母亲怀里,戴上它儿时的小白帽静静怀想,怀想那个没有巡逻艇的远古年代和父亲的石碴子。

它实在憋闷得太久时,便发出惊天动地的吼叫,粗鲁地将母亲白色的庇护砸得粉碎。它承受不了自己的愤怒,便露出尖尖的牙齿咬噬江岸,将自己撕成冰雹和雪片、炸裂成巨大的冰排——那冰块在阳光下竟也透明得发黑,如凝结的血液,缓缓东移。

每年春天,它总要这样爆炸一次、毁灭一次,又复生一次。

它墨迹斑斑地写下自己的欢愉和痛楚。从天边来,到天边去。

黑龙江。

浅滩

用达斡儿话或满语,可以将这条大江的名字译为:平安的江。

那江水几千年几万年安分守己地流淌,江中既无礁石险滩也无急流漩涡。虽说是本国疆土上最冷最北的江,但在这条江上行船,却极少有什么风险。从黑河——漠河,逆流而上,只需在两岸恬淡的原野风光中打打扑克、唠唠嗑,开饭时如有江里的大鲤子和鳇鱼,便是口福。再在马达的催眠声中甜美地睡上一觉,如此重复四个昼夜,大江就到了源头。

要去源头洛古河,水路全程一千余公里。

夜气弥漫,白色的双体客船轻盈地顶水起航。风却顺,托舟举手之劳,不费吹灰之力。只唯恐风顺得天一亮就到了终点,心里巴望出点什么事才好。晚风黑得神秘,罩住两岸的旷野村镇,让人觉得似在遥远又深不可测的黑海中航行。只有大江,蜕去了白昼的玄衫,在远天闪烁的星群和忽明忽暗的航标灯辉映下,江面亮晃晃地铺上一层银箔。

忽然船底发生惊天动地的巨响,那巨响来得特别,船的四壁似遭到无数锋利的石块袭击,又似有粗重的金属互相敲击。

马达发出绝望的颤抖，舱壁的灯摇摇欲坠，船身似乎就要断裂，却竟然还跌跌撞撞地挣扎，有什么巨大力量将它死死拽住，它哼哼着，呻吟着，终于，不动了。

有水手们急促的脚步声上上下下地冲上甲板，有喊声、吼声，忙而不乱。有人说，是船搁浅。

只见那船身几乎已横了过来，将船头对着江岸，微微喘息着，似要摆脱江底那双魔爪的纠缠，却无济于事。船头灯雪亮的光柱射出去老远，大江在黑暗中却白得瘆人。

今年水瘦。

没事。江底除了泥就是石头子儿，没啥玩意儿，船坏不了。

照这情形往上走，浅滩可不老少。

有乘客三三两两在船舷上议论，声音从浓黑的夜雾中钻过来。马达已无可奈何地熄火，整条船停止了呼吸，奄奄一息地瘫软虚浮。江上静寂，唯有船灯亮着，照见洪荒原野上茫无边际的黑暗，也照见自己的孤独。它似被世界抛弃的一条小船，在这渺无人迹的国土尽头，遭受着比沉船更为难耐的寂寞。不知道自己究竟是沉入了江底还是压根儿甩出了地球之外，也不知道自己是活着还是死去。它眼前明明有光亮，却被吞没在黑暗中；它身上明明有力气，却被困陷在淤泥中；它心中明明有勇气，却消耗在无谓的等待中。

它过得了险滩，却过不了浅滩么？

它过得了险滩，却过不了浅滩。也许就因为险滩太险，而浅滩又太浅了。

它无声无息地钉在黑暗中，如同江心一块突起的礁石。

却竟然没有人抱怨，没有人责难。只有人悄悄地溜到驾驶台上去,想看看那个大鼻子船长如何趴在江图上一根接一根地抽烟,听听那些摩拳擦掌的水手们吵吵巴火。再后来连窗户也懒得趴了,只把信任交给那些满身机油的水手们。客舱里,老爷子枕着自己的行李睡了,行李里有在黑河街里百货店里买回的电饭锅和电动玩具,会让他做个好梦;妈妈搂着娃娃蜷在长椅上睡去了,娃娃的口水淌出一条小河……没有人抱怨、没有人责难。大江瘦了是因为它一向给得太多,船浅住了就是说大江累了,担不起这多人的重量,要歇歇,歇足了,没准儿明天一早下场暴雨,江水就会猛涨上个半尺……

人们很宽容,很谅解。他们习惯忍受飞来的灾祸,习惯于服从命运的安排。浅滩,就像人生、就像人这一辈子,真要顺顺当当、平平安安啥坎儿没有,还倒怪了,倒叫人心里不踏实。浅船说明船大,没听说小船浅住的,船也像人呐……

夜深了,梦中隐隐听到长长的汽笛,如同迷途的孩童委屈地呼叫,时断时续。又似有雄壮的呼应,从远方传来。隔了许久,船身猛地一震,只觉得人整个儿飘浮起来,悠悠地荡开去。马达轰然鸣响,国歌一般庄严。绞盘的缆绳嘎嘎作响,从船头传至船尾。甲板上有粗哑嗓子欢呼——它,复活了。披衣跑出去,天空什么时候蜕去了那层黑壳,银亮的蝉翼在冰凉的晨风中瑟瑟抖动。蒙眬的薄雾中,只见一只小小的货船,从大船旁边摇摇晃晃驶开去。船体上一行白字依稀可辨:黑木拖315。

汽笛又响了,是诚挚的敬礼。甲板上站满了人,朝看不见人影的小船挥手。

是的。那是一只小船。小船不怕浅滩,小船通过了浅滩。小船把大船拽出了浅滩。

它过得了险滩,却过不了浅滩么?

是的,它过不了浅滩。它吃水一点四米而大江枯水期最浅处仅一点二米。浅滩承受不了它的重量、它的雄心、它的深度。它生来是要在大江里航行的,它在浅薄的河道里受挫。它让浅薄拦截了。它悲哀之至。

然而谁都认为这是一条浩浩荡荡、满满登登的平安的江。如果不是江图上有着记载,谁也不会想到在那样深沉、雄浑的大江江床上,浅滩竟一个接一个排到源头……

干旱的六月竟泄露了大江的隐秘。大江从此坦然真实。

夜泊

于是每到天黑尽,船便不再走,浅船总是在太阳下山以后,江上的夜气咕嘟嘟往上冒的时候。往江底抛下锚链,江是船的床榻。

那座小山在薄淡的夕阳里,像只巨大的鸡冠,抖抖擞擞地耸立。鸡冠的边缘是悬崖,顶端一派黑森森的树林,蓬勃得走投无路。崖顶有一座小小的哨所,鸡眼似的瞪着。

那小山在江对岸。远望很有一点江南山水的灵秀,同一路上憨厚笨拙的石砬子,很有些相异。

船舶在江边,伸出漆得锃亮的白色舷梯,半落在水里。不是浅船,满甲板的灯欢喜地亮着,照见四边水里的石子,五颜六色地放光。有人走下船去江里洗脸洗脚,江风湿寒,江水里倒藏住些太阳白天的亲吻,水竟微热,让人觉着大江的温暖与慈善。于是,对这不知名的小山,也充满好奇与好感。

江边有一土坡,生着杂乱的灌木丛。坡顶是一块平坦浓密的原野。紫色的晚霞在地平线上烧出冉冉的荒火，模糊的草地上，星星点点散落着白色的小花，似初春尚未化尽的残雪，在黑暗中提醒着什么。

弯腰采下那小花。是一朵白罂粟。遍地的白罂粟。一个白罂粟的世界。

渐渐地，它沉入弥漫的夜幕。它开过，又谢了。谢了，又开过。它沉入黑暗，犹如从来没有过一般。

没有人知道这个角落。它叫什么，它在哪里，它为什么存在，又为什么被一群陌生的过客冒犯，然后留在他们记忆中飘流到陌生的远方去。

如果没有这偶然的夜泊？

再也不会到这儿来，再也不会见到这自由又孤独的小花。

白夜

终于是没有能走到源头，那神秘的洛古河。

也许一切本来就不会有尽头。当你发现白天与黑夜的循环往复在这里竟然失去了意义；白天与黑夜在这里竟然找不到终点和转折；白天与黑夜在这里是一个夏季的蜜月时，你会开始怀疑从浅滩爬到那再无法前行的开库康，又辗转汽车长途跋涉到这大江的最后一站，究竟是不是一个伟大的壮举，你会怀疑那个守候在大江边的北极村，究竟更像一块墓碑还是里程碑，矗立在人生的旅途上。你会怀疑继续溯水北上寻到大江之源的乱石滩，会不会是一种徒劳；会怀疑……

你到过这个地方，你便什么都可以怀疑。既然太阳不再遵照上帝的休息时间表按时起落升降，那么白天有谁可以证明,黑夜又有谁可以判断——在这大江上游的一个奇特的村子,时间的运转如此随心所欲,何况想象的空间?

那村庄极大。结实而密集的砖房、草房整整齐齐地排列在一块阔绰的高地上。那土地之辽阔与肥硕,足够它每年接纳许许多多关里关外来的新人。于是那村庄的边界也就一年年膨胀和拓展开去,直到有了宽敞的街道、镶着五彩瓷砖面的邮局和商店。若沿着村子中央那条松树夹道的土路往前走,可以一直走到江边。大江在高高的悬崖下拐了一个小弯,很有些环抱的依恋,情意绵绵地远去。

江对岸是山,山上有被山火燎过的浅褐色的树林。

江边是草地,有金光闪闪的黄罂粟花,花瓣纯金似的灼人。

树林间正有一轮旺盛的太阳,气势磅礴地降落。这或许是北极村一天中最威严、最壮观的时刻——整个村庄都沐浴在一片灿烂的金色光芒之中,无比绚丽、无限辉煌。它这般气派这般傲慢也许是因为它根本不认为这一天将要结束,它仅仅只是躲在地平线下打个哈欠而已——

果然黑夜来得懒洋洋,漫不经心。那夜色极薄极淡,似有似无,轻飏飏地飘来,似一阵蓬松的干土,让风吹得弥天旋转,灰茫茫白茫茫一片。夜色似乎就此到了极限,并不加深,好似舞台上的纱幕,若明若暗、若隐若现地透出村舍房顶的电视天线、透出瓜棚马圈、透出棚栏和窗台上的茉莉花……

影影绰绰、热热闹闹又安安静静的皮影戏。

还有人。人在视线的百米内走动,清晰可见人形。

北极村,整个儿一首现代朦胧诗。却朦胧得如此淳朴、如此天然。朦胧得让人怀疑太阳曾经是否来过,让人怀疑太阳是否真的去了。夜变得这么浅显、这么稀薄,不像是真的夜,夜被人剽窃了、涂改了;白天被人嘲弄了、欺侮了。夜好软弱、好无能、好虚伪——美丽的北极村。

远来的客人,揉着困倦的眼睛,在江边等候太阳归来,创造他们心中的不夜村。

而家家户户北极村的村民们,却在玻璃窗上挡上厚厚的窗帘。天亮天黑,照睡不误。他们谢绝了太阳这额外的馈赠,他们把阳光还给黑土地。

看来什么都可以怀疑,却不可以怀疑人需要黑夜。需要黑夜保管秘密,需要黑夜慰藉灵魂,需要黑夜休养生息。

白夜?

黑龙江!

1986 年 10 月于北京寓所

大 江 逆 行

村边的黄河

◎高勇

我是在旺水季节又见村边的黄河的。

之所以说又见到了黄河,是因为我离开村庄已经有些年月了。

村庄叫峪口村,这里是一条小支流汇入黄河的山谷口。类似的村庄在黄河沿岸的褶皱中几乎都有,逐水而居在这里被演绎得真实而深刻。这种情况下,流经村庄的这一段黄河叫"大河",不过这和线装典籍中的"大河"没有联系。有时候,村里人也把它尊称为"老爷河",那是因为在大河边上至今还蹲着一座古庙,庙里供奉的就是隔河的邻家关云长老爷。

事实上,除了几个识文断字的人知道村边的黄河发源于巴颜喀拉山,全长五千四百六十四公里,以及它在华夏文明形成过程中的作用外,村里人知道的黄河只是一条寻常的自北而来、向南而去的河。它流经村庄的长度大约有两千五百米。它是我们生活中的一条河流,枯水季节时,它温顺得像是一只羔羊,我们能听见它发出的最细微的声音;旺水季节时,它却成了一头发了疯的能吞人吃物的野兽,村里人不得不承认它的似乎是平白无故的洗刷。

但显然是过于自信了,今天我所见到的黄河好像是另外一条河流,一条"小河"。记忆中的这个季节,是村边的黄河激流奔涌、形神兼备的季节。村里人几乎每天都把守在大河岸边，一是看河水是不是要涨过河床，二是看从天边奔跑过来的大河上漂浮着多少晾干了就能烧火的薪柴。隔三岔五，夜深人静之时，总会有人大声吼喊："山水下来啦！"也就是黄河发大水了。于是男人们会翻身下炕，一把抓起早就拾掇好的捞柴工具闯入黑夜，女人们随即披衣生火，准备在天麻麻亮后给在河水里浸泡了半夜的自家男人送上一罐子热汤。那是一些因为洪水却同样活得有滋有味的日子。但是这些天，我的眼前并没有出现这样的情景，不但没有，它浅得恐怕已经不能淹没一只矮脚动物了。

所以，母亲在电话里说的那些话并没有太多的夸张成分。她说："大河水快要干了，村里遇集时，村子对面的山西人挽起裤腿就能趟过河来贩卖零七八碎。"我当时还有些不相信，虽然我知道村庄所在的地面已经连续干旱了四五年，一些小河流早就干枯见底，可这毕竟是一条黄河呀。看着那些在黄河中间自由嬉戏的孩子，我无法形容自己的心情，在二十多年前，只有背着脸盆大小的葫芦我们才敢在离岸并不远的水区游泳，即使是十年前，在黄河的中间玩耍也是村里最勇敢的后生才能做到的事情。

然而，这确实是黄河。我曾经想象过那些从来没有见过黄河的人，面对一条无风三尺浪的大河时，一定要发出的那种感叹，那是人们面对伟大的事物时经常会表现出的心灵的颤抖。可是，假如他们看见的是这样一条完全是在意料之外的弱禁禁的河流时，他们又会有什么样的反应呢？

水都到哪里去了呢？那些能滋养生命的水和浮舟载船的水，当然也能洗刷村庄和土地的滔滔河水是从什么地方开始消失的呢？

你晓得

天下黄河几十几道湾哎？

几十几道湾上有几十几只船哎？

几十几只船上有几十几根杆哎？

几十几个艄公哟嗬来把船儿搬？

……

这首歌的作者李思命就出生在村庄下游不远处的另一个村庄。他一辈子行船在包头至潼关的一段黄河上面，当然也要经过村庄这个河渡。那时候的河面上船来船往，艄公和拉船汉子的号子声在河道里整日不绝。面对此情此景，李思命不由得就从胸腔深处喊出了这首歌，谁知一喊就成了一首唱遍大河上下、远播五湖四海的代表黄河文化的经典之作。

但是，实际上我已经有些年月没有见过南上北下的舟船了。今天，看着那条已经浅得不能浮起一船的黄河，我是这样强烈地希望能再听到那些悠扬的、焦虑的、苦涩的和喜悦的号子，因为它们的存在至少证明了黄河曾经有过一个旺水时代。

河水。我甚至怀念起那条也会抢田掠地、攻房夺命的黄河了。水多了不害怕，但没有水人心里并不平静。他们是担心一条滋养过多少代村人的河流，在不知不觉中就不能再滋养自己和他们的后人了。

辈辈相传，仅从清朝康熙年到上世纪 80 年代，村庄就经受过康熙六十一年、乾隆五十年、嘉庆二十四年、同治年（时间不详）、民国三十三年、1964 年、1966 年和 1976 年的特大洪水的洗劫。其中的每一次洪水对村庄来说都是一场巨大的灾难，一时间田毁窑塌、家破人亡。同治年的那场洪水更是淹没了整个村庄。后来，村里人在修建窑洞时都把窑址选在山坡上，吃水是费劲儿些，但总不至于每当这个季节，连睡在炕上做个梦也做不踏实吧。村里上了年纪的人还说，也不记得是哪一年，有一次黄河半夜发大水，大半个村子一眨眼间就没了顶，很多人都淹死了，没有淹死的一些人有的赤条条连夜狂奔到十里八里以外的沟谷深处，直到天亮才发现自己是光着身子，只好摘几片蓖麻叶子遮掩住羞处，搭棚挖洞，就地安家。这也就是周围几个村庄的魏姓人家和村庄的魏姓是同宗同祖的原因。

黄河水也许真的要干了，村里人老十八辈子都没有见过的怪事今天明明白白地搁在那里。他们不知道这究竟是怎么一回事，面对黄河，他们只有无可奈何地摇头。是这条河流，是河流边上的几块零碎土地养育了这些命运相似的人们，他们吮吸澄去了泥沙的水，呼吸悬浮有它的水分子的空气，也只有他们才最理解这条养育了他们生命的大河。

在大舅的陪同下我去了一次黄河边上的河神庙，我并不是去叩问神灵的。因为河神在人间的这处行宫也已经被洪水冲刷得只剩下一孔悬在山崖上的破窑洞了。我不好意思和它谈论什么为神的作为，这个河神既然管不住洪水，恐怕也管不了没有水，我只想和它拉扯拉扯人神共有的悲剧。

水是万物之源，一个地方如果没有水，这个地方就不会有旺盛的生命迹象，也就不会形成村庄。可是，反过来，假如村庄所在的地面上连几棵像样的老树也所剩无几时，那么也就不要指望有很旺的水和旺盛的生命迹象。传说包括村庄在内的黄河边的石头山上,在明朝后期时还长满了碗口粗的酸枣树,但现在的村庄可是连几根草都不愿意旺盛地生长了。

而随着黄河流经的地面上所谓生态环境的不断恶化,黄河越来越少的是流水,人们越来越担心的也是流水,谁也不敢断言,在我们这一代人的手里,它不会变成一条季节河,甚至是一条消失了的河。村里人知道黄河没有了水意味着什么,而有一些人则不知道黄河已经快没有了水。

村边的黄河仍在缓慢地流淌着,它吃力地养育着胳膊弯里的人们。同时,它也以一种变化了的形象告诉更多的人,作为一条河流,它的大小其实仍然被人们所掌握,包括那些抬着神牌求雨祈水的村人,也包括那些城市的后花园里享乐的人们。想到这些,我已经是一肚子心酸两肚子惆怅。我看见村庄的男人们在河边的滩地上侍弄着庄稼,我看见那些在井台上挑水的村妇身上有河水的波光的晃动,我还看见那些嬉戏的孩子们正在用溅水花的方式说明这时的他们是快乐的。我感觉到有一股水从我浑浊的眼里流淌出来,流入口中竟然还能品出里面有盐的成分。

村边的黄河呀,你不应该是我见到的这样!

乌苏里江的怀念

◎陆扬烈

在祖国遥远的东北边疆,有一条自南往北流去的江,乌苏里江①。这条最东面的江边,居住着祖国大家庭中人数最少的赫哲兄弟民族。

夏天时候,我们访问了一个名叫水里星子的赫哲渔村。它留给我们那不尽的情思,如今还留在乌苏里江清澈的碧波里……

水里星子

当乌苏里江两岸绿色的山冈、无边的森林,从黎明中苏醒时,我们乘坐的客轮已离水里星子不远了。

昨天,客轮向南转过九十度,从黑龙江进入乌苏里江时,天色已黑透。我们只看到平静的江水在星光下闪着微光。现在,乌苏里江在渐渐泛起红晕的曙光中,展现在我们面前了。

客轮顺着河床,绕过前方一个山嘴。

这时,东方已变成火红色。在这片火海一般的天幕下,突然迸发出一道耀眼的光带。太阳在祖国最东面的大地上升起

---

① 乌苏里,赫哲语意:东面的地方。

了！乌苏里江蓝色的江面，瞬息间跳起千万道金光。天地之间，一片辉煌。

在西岸，在祖国的堤岸上，出现一片望不到头尾的白桦林。我们都还是第一次看到白桦树。这种在许多诗歌和散文中，经常被赞美的北国特有的树木，它们那挺直的树身像是涂着一层白漆，在朝阳里闪闪发光。它们那浓密的绿叶上，沾满露珠。随着枝叶在晨风里轻轻摇晃，跳动在露珠上的阳光，使我们感到在这大片的白桦林中，仿佛撒满了白天也在闪烁的星群。

美丽的白桦林，给祖国的国界堤岸，增添了无限风光！

右前方的白桦林下，出现一片半圆形的金黄色沙滩，有如一座半岛突出在江面上。在这"半岛"的那一端尽头，从江面拔起一堵陡峭的悬崖。崖之巅，威武地屹立着一座铁塔——这是我们边防军的瞭望台。

缓缓流动的清澈的江水，倒映出它们生机勃勃、秀丽又庄严的形象。

水里星子，真像是一颗水里的星子啊！

就在这时候，汽笛"呜昂——"一声长鸣，机器转动声松弛下来，船身降低航速，向宽广的沙滩靠拢过去。在白桦林后面，一群被汽笛声惊起的白天鹅，冲天飞起，仿佛在向水里星子的主人报讯：来了远方的客人……

鱼宴

水里星子，是个只有二十多户人家的渔村。它的长者伊布哈，是位红脸膛的白胡子老人。当天，他就下令全村：晚上为我们摆鱼宴。

在来访之前，我们只知道乌苏里江是鱼的聚宝盆，赫哲人是以捕鱼为生的民族。但鱼宴是种什么样的宴席，我们还一无所知。

负责接待我们的乌克力①，是位复员军人，水里星子小学的校长、民兵队长。这位年轻人，很能体会我们的心情，他主动告诉我们说："鱼宴，是我们赫哲家待客最隆重的宴席。按照传统的规定，席上所有的菜，全是鱼。而且，必须用不同的鱼做成。"

我们听了，心里非常不安。但也不敢阻拦，生怕对好客的主人失礼。

午饭后，年轻人划着一种名叫快马子的轻便小船，下江去揪鱼。赫哲人把捕鱼称为"揪"。确实，他们无论用网、用钓或是用叉，都得心应手，如同我们伸手进口袋去拿一块手帕那样万无一失。

不到两个小时，年轻人满载归来。小学校的庭院里，顿时成了我们从未见过的鱼市场了。

这个鱼市场，鱼的数量并不多，可是品种之多，使我们十分惊讶。鱼类知识丰富渊博的乌克力，带着我们边参观边讲解："这是鳌花，这是边花，它们属鳜类；这三条叫哲罗、法罗、亚罗，它们属鲈类；……"他找了又找，有点抱歉地说，"没有揪到季花和同罗、胡罗。这八种鱼，是乌苏里江的名产：'三花五罗'。"

前面堆着十多条都有两尺长的红尾鲤鱼，几条很大的白鱼和一尺多长的鲫鱼。"这些鱼，不需我介绍了。"乌克力带着

---

① 即雄鹰。

我们朝前走去,指着另一些鱼说,"这叫鲍鱼,皮很柔软,可以做成鞋子、套裤;这鱼我们称它'重重'。你们看,它的嘴唇有上下两层重叠的。这鱼的嘴唇最好吃,营养也丰富;这条是牛尾鱼;这是狗牙鱼;这叫包车鱼;唔,细鳞! 你们看,这鱼的鱼鳞又紧又密。这是上等鱼皮。从前,新嫁娘都要穿件细鳞鱼皮的无袖褂子的。如今,她们都用的确凉、尼龙的啦。"他说着笑了起来。

正说着,伊布哈老人拖着一条四五尺长的大鱼走来。我们忙迎上去。在场的赫哲乡亲们都高兴地喊:"雪里富子①!"

这是条模样古怪又丑陋的鱼。体形象只纺锤,尾巴和鲨鱼相似。黄灰色的鱼皮又光又滑,没有鳞片。背上有一条刀锋一般的硬鳍。鱼嘴唇高高突起,露出刀刺一样的牙齿。乌克力告诉我们:这鱼模样丑,可它的名望超过"三花五罗",被赫哲人评为最美味的鱼。伊布哈老人在十多年前,曾揪到一条雪里富子,全重竟达一千一百六十斤! 而越大的雪里富子,它们的鱼头也越值钱。这种鱼的头骨是种软骨,晒干后可长年保存,用文火炖煮吃起来像鹿筋,而营养价值超过鹿筋。在封建王朝统治年代,这种鱼头骨,也是朝廷指定赫哲人作为主要进贡品之一。……这可真是鱼也不可貌相啊!

主人们开始动手克②鱼做菜。乌克力的爱人葛丽·湖莎③,是做刹生鱼的能手。而一盘刹生鱼,是待客绝对不能少的主菜。我们站在湖莎大嫂身旁,充满好奇地观看着。只见

---

① 乌苏里鲟。
② 赫哲人杀鱼,从鱼背进刀,由里朝外挑。
③ 即天鹅。

这位大嫂,手执明晃晃的赫哲鱼刀,在乌克力的配合下,把一条又一条鲜蹦活跳的红尾大鲤子的鳃,手脚利落地剜去。然后,她把一条条虽未死但已不能动弹的鲤子,连鳞带皮,割下两大块鞋底形的鱼肉。

她一口气划了十二条大鲤子,取下二十四片连鳞带皮的鱼肉。然后,就在这上面横着斜切鱼肉丝。一条条半透明的鱼肉丝,就纷纷脱离连鳞的鱼皮跌落下来。如此所得的鱼肉丝,装了作为拌菜盆的普通洗脸盆的小半盆。

接着,她把一大碗米醋倒上去拌调。微呈粉红色的鱼肉丝立即发白又变得混浊。乌克力在一旁,又倒进去细盐、葱花、大蒜泥、辣椒粉。拌调均匀后,又加些切得很细的熟粉皮和生大头菜丝(卷心菜)。

乌克力用一双很长的筷子,把拌调好的刹生鱼夹了一筷,举到我面前,笑着说:"先实习一下,怎么样?"

我鼓足勇气,张大了嘴,接受了一大筷子的生鱼丝。咀嚼了几下,并没有那股想象中的难忍的腥味。而觉得是在吃一口鲜嫩的白斩鸡丝,更有一种鸡肉所没有的爽口之感……

太阳下山,鱼宴开始了。伊布哈老人请我们入座。他有点遗憾地对我们说:"五花山还没有出现,达依马哈还没有来到我们的乌苏里江,今晚只有一盆腌制肉。"

由于乌克力事前的介绍,老人这些话我们也就都能听明白。达依马哈,就是"来去有时"的意思。指的是大马哈鱼,也就是鲑鱼。这种鱼,具有它们独特的生命史。每年秋风一起,浓霜一打,乌苏里江两岸的浓绿的山冈,就发生了变化:茶条槭、枫树叶红如火;柞树和桦树叶一片金黄;杨树叶变成灰白色;松针仍旧碧绿……山,穿上了五花彩衣。这时候,在海里长大的大马哈鱼,就从庙街进入乌苏里江,逆流而上,不吃不喝,要游过一千多里的苏联河道,才进入我国境内。它们边游边产卵。鱼卵成鱼后,顺流而下,回到海里去成长壮大。那产光卵的父母,如能游到乌苏里江的尽头,也筋疲力尽,皮包骨头了。它们完成了自己传种的天职,就找一条平静的小河汊,把脑袋插进松软的沙土,平静地结束了自己的一生。

这就是赫哲人为之总结的,"生在江里,长在海里,死在河里"的"达依马哈"——来去有时的大马哈鱼!

大马哈鱼的价格,比其他的鱼要高一倍以上。这种鱼,新鲜的肉,做丸子或鱼肉饺子,是最出色的。腌制过后,鱼肉变红且硬,也是珍品。这鱼的鱼仔,大如黄豆,晶莹如红珍珠。据说一颗鱼仔相当六只鸡蛋的营养价值。每斤的价格是鱼肉的三十倍左右。这鱼的鳞片更是珍贵,晒干后国家收购去当化学原料,每斤抵上五斤鱼仔的价钱呢!

大马哈鱼,对赫哲人的重要性,也由此可知。而我们对伊布哈老人的友情,也就更深地铭记于怀了。

伊布哈老人整整衣服,理理胡子,双手捧住斟满榔柿酒①的杯子,高举过头顶,朝北京方向行了个赫哲人最隆重的顶礼,朗声祝愿着:

"愿祖国大家庭,团结、繁荣、昌盛!"

"喀!"我们跟着大家,高呼一声表示赞同。也这样行礼祝愿。

"司开达②!"老人高喊一声,昂起脖子,一饮而尽……

_____

① 一种用野果酿的酒,紫红颜色。
② 干杯。

莫日根^① 山 洞

我们在水里星子的最后一天,由乌克力和另外十一名男女民兵,陪同前往水里星子峰,瞻仰莫日根山洞。

因为路程远,我们赶在太阳升起前就动身。六个身强力壮的小伙子抬着三只桦皮船,走在头里。我们穿过村西的白桦林,前面就是通往水里星子峰的水里星子河。

这真是一条迷人的小河!河水好像一汪浅蓝色的液体玻璃。一眼能望见河底柔软的沙土。那些来往穿梭的鱼群,会使人以为自己来到动物园的鱼类馆!河床两侧的芦苇丛,就像为这条河筑起两道绿色的矮墙。蓝天上荡过的白云,清晰地倒映在河面,使伸向远方的河道,名副其实地变成诗人们描绘的一条水云铺的路。

桦皮船在河面上轻快地向前滑行,长长的双面单棹,在划手手里灵巧地左右舞动,划乱一路水云,留下一个个旋涡。水里受惊的鱼,箭似的逃散。苇丛下受惊的水鸟,发出各种各样的急叫声,飞逃而起。

船向前行,朝西稍稍拐个弯。在西岸那边,有片宽广的沼泽地,到处长着赫哲人称之为柳毛通的低矮灌木丛。一群白天鹅在那里栖息着,此起彼落地飞舞、闲步、觅食。

这一切,纵然美如画,甚至会让人疑是步入仙境。可是在我的脑海里,反复出现的,却是赫哲族民歌中的莫日根山洞。

它,就在前面已可望见的水里星子峰的半山腰间,它正在

---

① 即英雄。

向我们一步步移近过来……它使我心中充满了庄严的感情。

当太阳移到头顶时,我们上了岸,开始向主峰攀登。

尽管山道崎岖,许多地方实际上并没有路。我们个个浑身充满力量,连裤脚被钩破、手臂被划出血痕也没发觉。

这一路上,到处长着乌苏里的野果子。乌克力采摘下各种野果,告诉我们:"再过一个月,它们就成熟了。这山梨、这稠李子,成熟后是金灿灿的。这山里红,这山丁子,红得像火星。这就是酿酒的椰柿,以后会变成紫红色。这山核桃,熟透时是灰褐色的。唔,这是灯笼果。你们看,很像灯笼的。现在就可以吃了,你们尝尝!"

一百年前,据说莫日根和他的战友,在祖国的这座山上,就是依靠这些野果子维持生命,和罗刹①们血战到大雪纷飞的日子。我手心里托着乌克力摘来的灯笼果,觉得沉甸甸的,一股悲愤的激情充塞在心头。

莫日根山洞到了!

乌克力把带来的松明点燃,分给大家每人一把。他自己双手端着上了子弹的猎枪,在前面开路。一个铁塔似的棒小伙子紧挨着他,高举松明为他照亮。

走进洞口,迎面碰上两根四五个人才能合抱住的石柱子。这是石灰岩洞穴里特有的奇迹。水滴带着石粒子,不知经过多少千年,落在地上积成石笋,联在岩顶结成钟乳石。一母所生的石笋和钟乳石,继续成长,就会接连起来变成石柱子。这种石柱子,因此总是两头粗中间细的。

莫日根山洞口这两根石柱子,高达三十多公尺。给这个

---

① 指老沙皇的侵略军。

山洞增添了极其宏伟、壮丽的气势。

石柱后面,是第一座石厅。它的形状像只竖直的鸡蛋。最高顶部,离地足有五十公尺。它的岩壁上到处布满华泉①,看上去很像是凝固的瀑布。在众多的松明照耀下,反闪着奇异的红光。

石厅的尽头,有块自上而下挂着的巨石。它好像是扇上下开启的大门,挡住了我们的路。但它在下面留着一条缝。我们弯下腰,也就过去了。

乌克力对我们说:"这里是第二厅。"

一进这座中厅,只感到浑身凉爽。原来,这扇石门挡住了洞外的阳光,也挡住了风雪雨霜。所以这座石厅和前厅虽是一门之隔,气温冬暖夏凉,优越无比。

乌克力指指石门下的那条缝:"据说,莫日根当年就在这里设下洞内的第一道防线,和进洞的罗刹展开第一场血战。"

这确是一道易守难攻的防线。但究竟寡不敌众,勇士们只得退守第二道防线。

第二石厅是带点椭圆形的。面积和高度都无法和前厅相比。这里,到处林立石笋、石柱,到处悬挂着钟乳石。这就更显得它的狭小了。但它也就具有前厅所没有的奇异风光。在松明的光照下,千姿百态的石笋、石柱、钟乳石,反射起来光芒,交相辉映,光移影摇,完全是个童话世界了。

在它尽头的岩壁上,有条仅容一个人过的石缝。

"这就是莫日根的第二道防线!"乌克力说,"罗刹始终未能突破!"他说着,挥臂一扬,大声说:"我们到后厅去吧!"

---

① 即长年累月的滴水留下的花纹。

说是石缝,实际上是一条曲曲弯弯,时上时下的窄廊。高度都在两个人高以上。有的地方比较宽,可以并肩走三个人。如果拉直了,全长约有四十多公尺。

　　我们走完窄廊,进入称为后厅的第三石厅。这座石厅比前厅和中厅加在一起还要大。

　　由于和阳光和风雪雨霜隔绝,这里四壁的华泉都洁白如雪,而且形态万千,像是高明的雕刻家留下的匠心之作:有的如大海冲击岩岸的怒涛,有的如微风在湖面吹起的涟漪,有的如秋日天空荡过的白云,有的如扬帆远航的船队……

　　那些突出在岩壁上的怪石,更是各具形态:有的酷似飞奔的骏马、有的如俯冲而下攫食的鹰、有的形同跪着吃奶的羊羔、有的极像一朵盛开的太子香①……

　　更为神奇的是这座石厅里的音响效果。因为周围有许多深浅不同的石井和侧洞,一声咳嗽,就会引起经久不息的回响。

　　"砰!"突然,乌克力朝上打了一枪。

　　"砰!砰!砰!砰!……"一时间,回声鸣响起数不清的巨响,产生仿佛万炮齐鸣般的隆隆巨响,脚下的岩石也为之颤动,洞顶似要倾倒下来。

　　我们正在惊讶万状,不知这位民兵队长此时此境为何鸣枪。当一切恢复平静,只见乌克力向洞顶举起手中的枪,脸色异常严峻地高呼着:"莫——日——根——!"

　　当回声呼应着他的呼唤,发出庄严、宏伟、深沉的回响时,乌克力宣誓一般地继续高呼:"我——们——来——啦——!"

---

　　①　乌苏里杜鹃,赫哲人最喜爱的花。

回声呼应着他这充满战斗豪情,同时又给人一种悲壮感受的呼喊声。

我望着这位曾在珍宝岛战斗中获得二等战功的赫哲族人。我一下子明白了:他是在向他英雄的祖先宣誓!

"我们来啦!"是的,今天是我们守卫着这个莫日根山洞!是我们守卫着水里星子!是我们守卫着乌苏里江的西岸长堤!

您安息吧,我们英雄的祖先莫日根。您的光荣的子孙,已在不朽的珍宝岛战斗中,成为像您那样的莫日根!在捍卫祖国神圣大地、森林、草原、大海的斗争中,必将涌现出像您那样的千万个莫日根!

啊!乌苏里江。美丽的江、富饶的江、战斗的江!你是历史的见证,你是我们民族的骄傲,你是祖国的屏障!

乌苏里江啊,我们心中的江。

神灵河

◎罗灏白

    想起那条淙淙潺潺的神灵河;想起被夕阳涂染成暗红色的神灵河古渡;想起古渡旁冷落的神灵集,以及集头茅棚下卖菠菜豆腐汤的范老太;想起那座因风雨侵蚀而支离破碎得摇摇晃晃的小木桥,以及住在小木桥西边的神灵大队会计老能,就会产生一种异常的亲切感,好像那儿就是我的故乡。

    我的故乡在千里之外的江南古城里,是金碧山水画家喜爱描绘的地方。神灵河只有散淡的文人才有心流连。当动乱的硝烟在城市弥漫的时候,我曾踅到这个可以写意的乡间,算是正式安家落户了,从不惑之年到能知天命以后,才又回到熙闹的城市。三千六百个朝朝暮暮,听着神灵河水的淙淙潺潺,乘着孤舟独篙的渡船,吃一碗神灵集头范老太做的菠菜豆腐汤,和那个老是憨笑着的大队会计老能谈天说地,生活得还算恬静安适。不知为什么,在众多的人物中,这个憨实的老头儿却给我留下特别鲜明的印象,他像孩子似的喜欢听童话故事,当我讲完了《卖火柴的小女孩》时,他竟淌了眼泪。

    到神灵河那年的秋天,潦水尽而寒潭清,神灵河淌着一泓碧清的河水。黄昏,我站在摇晃的小木桥旁,望着叱犊归来的儿童,一个孕妇小心地要过木桥,我真替她捏着把汗。说实话,我是不敢贸然走过这座桥,看着那朽损的木板就头晕目眩。这个孕妇如果失足跌下去呢？

这时，一个身穿深灰布中山服、头发花白、脸膛黑黑、目光滞滞的半老头儿，摇摇手从桥对面迎过来。他好像早就了解孕妇的心思似的对她说："不要过桥了；你的事我晓得了。"孕妇感激地笑笑便回头走了。他就是大队会计老能。

公社书记在我来的那天就对我谈了大队干部的情况，关于老能的介绍是："苦大仇深，笨嘴拙腮；任劳任怨，私心严重。"并且，"私心严重"是有确凿证据的："不信你看看他家墙角屋拐，堆满了大大小小的石块；快接儿媳妇了，偷修路的断石头砌墙脚哩！"老能会计的相貌是善良的，他用滞滞的目光盯着我说："你就是下放的？下放的……"

"是的。你是？"

"老能。"他笑笑，便邀我一道儿上代销店。他说他是个烟鬼，一天要吸三十支。他买了五合"大火把"，又秤五斤红糖。那年头在乡下红糖很欠缺，公家每季配给每户社员半斤，他是大队会计，可以享点特权。说他私心严重，确是言出有因。

代销店就在公路边，听社员说这条路是年年修，年年坏，路边到处有丢弃的石块和黄沙。老能随手抱了块石头，一边还要我陪他到小郢子村去。

一路上他不言不语，好像老想着件事。我们沿着两边枯草的田埂，绕过一汪菱塘。穿过一片油菜田，秋天的黄昏，已经很有些寒意了，加上飒飒的西风，吹着小郢子村头几株香椿树枝，发出凄凉的呻吟。炊烟已起，他在一家矮门前停下来，问一个小孩：

"你妈姨呢？"

"妈姨哎，妈姨！"门开了，是那个面色蜡黄的孕妇。老能放下石块,把那一大包红糖递过去。

"进来坐呐,会计,钱……"

"莫急,我垫了,结算时再扣除吧!"

他又抱起石块往前走。我跟着他,心里隐隐有种说不出的滋味。是我误解了他?不,也许这是他的亲眷,或许是区、社干部家属。到了木桥边,他先过去,放下石头又来接我,边说:"到我家坐会,城里没有这种桥吧?"

果然,他家屋角墙拐,堆了不少石头,而且都已凿成较有规则的方块。他是学过石匠手艺的。他家只有两间又暗又小的草屋,个头大点的进屋都要低头。这天,我在他家吃了豇豆稀饭,炒雪花菜。合家四口人。他有个高大壮硕的妻子,脾性比他爽气多了;那个有模有样的过房闺女,据说原是城里下放的姑娘,自愿磕头认他贫农大和妈的;还有个儿子,五大三粗的正在挑水。

晚上,我喜欢在灯下读陶渊明的诗,当然是带着点情绪读的。其实,在那种乱世,想求解脱而愈不得解脱。陶渊明不愿为五斗米而折腰,自愿回到三径就荒的老家种田。他有茅屋,有农具,有稚子候门,有浊酒盈樽;可我呢?烦恼极了。我放下书,便踏着月光到神灵河边散步。河名神灵,想必有个美丽的传说吧?老人们对我说:神灵集上的神灵庙,过去就姓黄的一家烧香磕头,因为神灵河的水只淌在黄家的田里。这一带是块岗地,自耕农想要点水,就要联合起来,另挖条河渠通到四五里外的古渡口,架上八八六十四盘水车才够得上。车了两小时,水还淌不到岗上。直到大荒以后的一九六二年,上千社员用双手重挖了神灵河,可是碰到旱年仍然只能收点荒草。

在清水样的月光下,我慢慢地在河堤上走着。堤边的灌木丛里,时时传出金铃子和蛐蛐儿的鸣叫声,有韵有节,清脆如击金片,高昂如敲铜钟,夹着那飒飒西风,淙淙流水,别有一番韵味。夜晚的神灵集,关门闭户,悄无声息;神灵庙改建成的大队部里,透出丝丝条条的灯影。我在窗棂上张望,是老能,他一个人正起劲地把算盘打得笃笃响。

我没有惊动他,慢慢踅到古渡口。这儿是三条河的汇合处,河面宽阔多了。一叶木舟,横泊在岸边,长篙插在水里,船影篙影,映于波光闪闪的水底。也许因为西风过分萧瑟,那细长的粗短的影子也在颤抖。

不知老能什么时候来到我身边的。他说:"寒气袭人哩,去喝碗热汤吧!"他拉我走到茅棚下:"范老太,范老太,煮碗热汤吧!"窝棚里亮起暗黄的灯火,门开了,冒出一股腾腾的水汽,范老太声音沙哑地说:"老能侄子,你跟主任谈谈吧,我这个孤寡老人……"

"放心,范老太,我去说!只要侄子活着,你老就吃这碗饭!"

是的,老能喜欢成人之美,他就这个脾气。我听人说过多回。

这年冬天不见雨雪,神灵河里连水影子也没有了。清晨起来,我照例要到河边舒筋骨,活血脉,突然隐隐看到,在雾气迷漫中有个人影,弓着腰,挑着什么到河边来了。是老能。他挑的石头,堆在河底。他不给儿子盖屋了吗?那峭厉的冷风,吹动着他花白的头发和单薄的衣衫,他动作麻利地把石块码在河下。他这是想干什么呀……当天下午,我急于赶到县城参加"五七"大会,没来得及和他攀谈。等到三天会一散,回到神灵河边,才看到一座石砌的桥脚。老能还在不吭不响地向上码哩!

去年春,十一届三中全会的政策落实到乡乡拐拐,落实到无人关怀的荒岗野渡,落实到默默无闻的小人物心里;像春风一样,只要有空间的地方它就要吹到,只要有创伤的心灵它就要抚摸。树枝鼓起了芽苞,草心抽出了嫩叶,人的心里泛起了暖流。我要回城了,老能为我送行,喝了土造酒,吃了炒辣鸡。还是那两间又暗又小的茅屋。儿子跟他学会锻磨的手艺,四乡八镇地发挥特长去了;那个有模有样的过房闺女呢? 老能嫂略带粗鲁地说:

"那闺女的老子又坐衙门啦! 人家一进厂,便没工夫搭睬咱这贫农的大和妈了。我家老能听说那闺女要成亲,还巴巴送了两床暖和雪白的被絮去,步奔三十五里地,连口开水也没捞到喝,真不嫌下作!"

老能憨憨地笑道:"你瞧你。闺女受好些年委屈,送点土礼是做人的情分嘛! 要是她生在从前,就要跟卖火柴的丫头一样冻死啦! 是吧?"他憨憨地望着我。

老能的脸膛还是黑黑的,目光却不呆滞了,很有点活气。他一直把我送到神灵集,集边闹哄哄地正在修建电灌站,是老能领头干的。茅棚下的范老太拉着我,一定要我吃碗菠菜豆腐汤再走,她说:"那几年亏了老能侄子,才撑持着吃口饭,现在好啦,我老婆子有活路啦! 来,趁热喝吧!"

古渡的渡船新涂了桐油,光光灿灿的耀眼。至于神灵河的水呢? 也许是到了春天,不但淙淙潺潺,几乎是滚滚翻翻了;像老能一样,已抖去昔日沉重疲乏的神情,变得欢欢跃跃了。过了河,回头还望得见他飘拂的白头发和挥舞的手臂。我凝思许久,像有一条温暖的小河,在我心里汩汩地流淌着。

敬　　启

因为某些技术上的原因,致使本书的个别作者尚未取得联系,敬请见书后,即与责任编辑联系,以便我们及时奉上样书与薄酬,拜乞见谅。